出圈

成为一个有趣的人

张旭　何婉玲　著

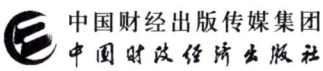

中国财政经济出版社

图书在版编目(CIP)数据

出圈：成为一个有趣的人／张旭，何婉玲著．--北京：中国财政经济出版社，2022.8

ISBN 978-7-5223-1192-0

Ⅰ.①出… Ⅱ.①张… ②何… Ⅲ.①人生哲学－通俗读物 Ⅳ.①B821-49

中国版本图书馆CIP数据核字（2022）第028238号

责任编辑：潘　飞	责任校对：徐艳丽
文字编辑：李瑞荣	责任印制：史大鹏

出圈：成为一个有趣的人
CHUQUAN：CHENGWEI YIGE YOUQU DE REN

中国财政经济出版社 出版

URL：http://www.cfeph.cn
E-mail：cfeph@cfemg.cn

（版权所有　翻印必究）

社址：北京市海淀区阜成路甲28号　邮政编码：100142
营销中心电话：010-88191522
天猫网店：中国财政经济出版社旗舰店
网址：https://zgczjjcbs.tmall.com
北京时捷印刷有限公司印刷　各地新华书店经销
成品尺寸：147mm×210mm　32开　8.75印张　202 000字
2022年8月第1版　2022年8月北京第1次印刷
定价：53.00元
ISBN 978-7-5223-1192-0
（图书出现印装问题，本社负责调换，电话：010-88190548）
本社质量投诉电话：010-88190744
打击盗版举报热线：010-88191661　QQ：2242791300

推荐序1

张旭的"出圈"其实也是另一种斜杠人生。斜杠人生就是在人生宽度上加可能性,无斜杠不人生。

人生很长,就好像一个坐标一样,垂直层面上是专业能力。比如我的专业能力是一个财经作者,但是人生又不是只是那一条标,他还有宽度。所谓的宽度就是在人生的专业和兴趣以及职业生活和日常生活之间怎么做一个均衡性。

从张旭的人生中,我们可以感受到他的专注、他自身的

出圈：成为一个有趣的人

体认、他对社会责任的担当，同时也能看到他对自己工作和生活的安排，不断增加斜杠实际上是不断增加人生的宽度和多样性的体验。

吴晓波

（财经作家，蓝狮子图书、巴九灵新商学创始人）

2022年4月

推荐序2

与张旭相识多年,算是老朋友了。对他,第一次见面印象就特别深刻、特别惊讶:在首都,北京饭店,中国建筑有机硅行业执牛耳的品牌企业杭州之江公司十周年庆典,他把"鲁豫有约"和中央芭蕾舞团的《红色娘子军》搬上了行业舞台。作为当晚节目总导演的他,在台上与鲁豫谈笑风生,节目又那么上档次、有品位,音乐和文化的魅力是沁人心脾、让人感动。将凝固的建筑和文化艺术巧妙结合,需要天马行空的想象力和游刃有余的整合能力。这些都让我看到了张旭的素养与专业。

出圈：成为一个有趣的人

张旭的"旭东书院"特别雅致，设计中体现了中国传统文化的沉淀。那天我与张旭的杭州萧山同乡——著名歌唱家吕薇及她的父母，在书院品尝"旭东家宴"，地道的萧山菜和绍兴黄酒，我们敞开心扉、把酒言欢，又让我看到了张旭对社会现象的独特见解——解决问题的多元策略，以及利他、成人之美的正能量。他所做的很多事，看似和本行业，甚至是他服务的企业均无直接的关系，却都在某一个关键的时间节点，恰到好处地为他热爱的行业和工作的企业精彩赋能。我觉得他是一个自带吸引力、影响力和人格魅力的年轻人。

中国的社会普遍接受低调，因为这是所谓保护自己的最好方式。但这是不全面的，甚至并非健康的人、健康的社会应倡导的。在当今社会，需要更多的思想者、创新者、敢言者。当张旭让我为他新书的每一个章节作导语时，"折腾"这个词让我有很大很深的感触。富有意义的生命，一定要勇于"折腾"。我们看运动场上、舞台上，总是翻跟斗、做出高难度动作的，才会让观众尖叫和鼓掌，就是在于"变化"。人生的道路不是一开始就想好的，是一步步走出来的，更是一步步探索出来的。

张旭对我说:"强哥,其实你一直是我的榜样,你看你不仅是教育家、科学家,更是演讲家,现在在不断努力争取做未来的歌唱家和书法家,你的经历无时无刻不在影响着我。"

作为一名教育工作者,我想《出圈:成为一个有趣的人》这本书,对于广大的年轻人来说,最大的启迪就在于张旭通过自己的经历,传播的是一种敢于突破思维边界的精神、不断追求进步的自驱力和面对挑战时的创造力。无论你现在是什么职务,又身处怎样的境地,希望你拿到这本书时对你开卷有益。时间对于每个人都是公平的,行动起来,就是生命赋予的价值和意义。

郑强

(浙江大学教授)

2022年初春于杭州

出圈：成为一个有趣的人 | **自序**

很多朋友说，旭哥，你又主持，又出专辑，是企业高管，又是书院院长，还是行业协会领导、大学客座教授，你到底是做什么的呀？我说，我就是我啊，我就在做我自己呀。他们说，你可真是个斜杠青年、出圈标杆，以后多带带我们啊。

"出圈"是个流行词，对于出圈，每个人的理解不一样。我认为出圈没有标准答案，也没有好坏、对错之分。对于个人而言，它只是合适不合适而已。我非常赞同，出圈不是你出去了，而是别人进来了。后来我想，何不把我出圈的经历

出圈：成为一个有趣的人

写成一本书，让年轻人有更多的想象空间和选择余地。由于我所在的杭州之江公司和蓝狮子曾合作出版过两本书《坚守的价值》和《小而美的成长》，于是我找到了蓝狮子的雪娇和何丹，谈了我的想法。他们说，你的想法太有意思了，非常期待能出版一本这个题材的新书。大家一拍即合，于是便有了《出圈：成为一个有趣的人》这本书。

我特别喜欢看台湾作家蒋勋老师的书，做个有趣的人也是我一生的追求。我觉得每个人有每个人的活法，每个人有每个人的追求，每个人有每个人的价值，人生最美的风景，就是活出自我、活出精彩。我经常会尝试与不同的自己对话，这本书也是我在人生不同阶段的经历和故事。我觉得，每一个年龄段都会有不同的追求和目标，所以也会有不同的定位和角色。人生如戏，在每一出戏里都会有不同的角色，只有在每一出戏中把自己的角色沉浸式融入，这样才会有感动，才会有温度，才会有价值，才会让整部戏出彩。

我希望这本书能带给年轻人激情和热情，因为未来公司加雇员的模式可能会被平台加个人的模式所替代，所以年轻人更要敢想敢做、敢尝试不同的自己。我们缺乏的不是灵感而是勇气，更重要的是静下心来，聆听自己内心的声音。自主、多元、有趣、独立，这样的特质会让越来越多年轻人更适合新时代发展的环境。也希望通过我真实的出圈经历，让更多的年轻人树立信心，相信自己，超越自己，成为更好的自己。因为我们要相信相信的力量！

张 旭

2022年3月

出圈：成为一个有趣的人 | **目录**

01 第一章
生命在于折腾 　　　　　　　　　　／001

跨界也好，斜杠也好，折腾才是硬道理	／002
在没有路的时候，闯出一条路	／010
与其更好，不如不同	／017
如果能自嘲，你就无敌了	／023
每一次挫折都是一种成功	／028
做自己喜欢的事，爱自己所爱的人	／033

学会提问，世界就在一问一答中	/ 040
在学习的道路上从未停止过前进的脚步	/ 047
永远没有完美，但要追求极致	/ 054
敢想敢玩，人生不设限	/ 062
每一代人都有每一代人的天下	/ 068
单纯就是核心竞争力	/ 075

02· 第二章
要好玩，先丰富自己　　/ 081

谈父母：陪伴是最长情的告白	/ 082
谈女儿：如何培养孩子的自驱力？	/ 090
谈专注：一心一意只做一件事	/ 098
谈选择：当下的选择，就是最好的选择	/ 104
谈分享：独乐乐不如众乐乐	/ 109
谈孤独：孤独是用来享受的	/ 114
谈伙伴：少了伙伴的支持，	

就如同少了翅膀的鸟儿　　　　　　　　　　　/ 118
谈利他：以美好之心成人之美　　　　　　　　/ 123
谈感恩：让工作更加美好的智慧　　　　　　　/ 130
谈仪式感：认真对待生活，就会被生活认真对待

　　　　　　　　　　　　　　　　　　　　　/ 136

03 · 第三章
世界越玩越大　　　　　　　　　/ 143

李敖：热爱生活的李敖，会玩才是真本事　　　/ 144
曹景行：读书，让你成为更好的自己　　　　　/ 151
吕薇：故乡是心中永远的白月光　　　　　　　/ 158
王晰：用心做一件事情，是快乐的　　　　　　/ 163
余少群：戏如人生，人生如戏，他就是那戏里人

　　　　　　　　　　　　　　　　　　　　　/ 170

张群云：做自己喜欢做的事是幸福的　　　　　/ 176

胡双：梦想在心中，前路不迷茫 　　　　　　／180

何永富：创业路上要定心，要有定力　　　　／185

樊淑玲：出圈，不是你出去了，而是别人进来了

／192

正原法师：只有丰富多彩，才是森林的味道

／199

04· 第四章
人生就要好玩　　　　　　　　／207

听音：喜欢音乐的人往往更纯粹　　　　　／208

旅行：人生最有价值的投资　　　　　　　／219

摄影：热爱摄影的人，一定是热爱生活的人

／225

喝茶：若无闲事挂心头，便是人间好时节　／230

禅修：放空自己，让心回归于心 / 235
走路：别人在小区里遛狗，而我喜欢快走 / 245
收藏：留下人生最珍贵的记忆 / 249
留白：人生最好的境界是丰富的安静 / 254

Chapter
01 | 出圈
成为一个有趣的人

第一章
生命在于折腾

> ❝ 折腾一定是变化,不变化的就不叫折腾。折腾最重要的是动,折腾是一种敢于冒险,敢于面对困难,而又充满勇气,始终保持活力的状态。我们说一个人很能折腾,说明什么?说明他还没败,不仅没有败,他还通过曲折,通过拼搏,通过克服困难,达到了一定的高度或很好的一种境遇,这才能叫折腾。❞

——郑 强

跨界也好，斜杠也好，折腾才是硬道理

在外界人眼里，张旭是一个成功的人，是可靠的伙伴，是一个跨界出圈的斜杠青年。他有着多重跨界身份：杭州之江有机硅化工有限公司的副总经理、中国房地产业协会产业协作专业委员会副秘书长、中国建筑金属结构协会铝门窗幕墙分会副会长、房联产业创新研修院院长。他还成立了旭东书院，打造了《拉开旭幕》自媒体……

第一章　生命在于折腾

20多年里，杭州之江有机硅公司从一家小厂，发展成为一家行业里市场占有率高、品牌知名度高的领军企业。这期间，张旭始终饱含热情，乐此不疲地折腾着，怀着对企业的热爱，以一家企业管理者的身份，整合资源，组织策划，推动了整个行业的文化建设。

一个52岁的人，活出了25岁的饱满和激情。

我对张旭的人生充满好奇。

2020年9月，我走进他的旭东书院。

他身穿黑色短袖T恤，身材不高，肌肉均匀，应是常年健身的结果；双眼皮，眼神炯亮，风趣健谈。在我们整个交流中，他盘腿坐在木椅上，身子前倾，虽是分享者，同时也保持了一个倾听者的身份。

他金句频现，诸如：人生追求的是精彩和多彩；孤独也是一种享受；单纯是核心竞争力；说是一种享受，听是一种能力。每次说完，他就哈哈大笑。人生那么长，哪是靠一两个句子就能总结的。

出圈：成为一个有趣的人

我将这些句子记下来，再次回看，会发现这些通俗简单的道理，没有一个是简单、轻巧的。这背后，交底出来的是一刻不停的专注和执着。每个句子背后都有一段闪闪发亮的人生旅程。

此后，我和他多次在不同场合交谈，谈人生，谈品牌，谈管理，谈生活美学，谈文学艺术，谈佛学修养，也谈论音乐。

与其说听他讲述人生历程，倒不如说听了一堂人生管理课。

不仅是我，相信你也能从他的人生感悟中，获得源源不断向上的力量。

1969年5月，我出生在浙江杭州萧山。

20岁时进入萧山进出口公司的东山仓库做仓库管理员，待了近7年。1996年，杭州之江有机硅化工有限公司成立时还只是萧山进出口总公司下面的一家子单位，当时只有20多人。何永富是之江公司的厂长。

有一天，何永富对我说："小张，想不想挑战下自己？能

第一章 生命在于折腾

不能帮何厂长去跑销售?"

我当时想,何厂长说话这么客气,又很真诚,我想着做一个仓管员,一天到晚只能待在仓库,何不出去看看外面的世界?便答应下来:"何厂长,您要是看得起我,我愿意试一试。"

就这样,我转到之江公司,从一个仓管员转行做起了销售。

从本质来说,我是个蛮要强的人,你只有要强,才会不断想要体现自己的价值。做销售,我很勤快,又肯吃苦,先后负责了华北、东北区域的业务,创办了北京办事处和东北办事处,后来又提任销售部副经理。

开始,之江公司注重的是"销售",慢慢地,企业发展到一定阶段,就需要"品牌"赋能了。

当时我去推销产品,市场上的产品基本是美国道康宁、美国GE公司的以及德国瓦克、瑞士西卡的,产品好,销量又大。于是我想,之江的产品什么时候能够像这些品牌一样,被大家认可?这样既可以节省推介的时间成本,又可以增加产品销量。

带着这些最原始,也是最朴素的对品牌的理解,我从

出圈：成为一个有趣的人

销售部转出来，创办了市场部，负责品牌建设和市场渠道推广。

什么是市场部？市场部要做什么？起初，一片空白，只能靠自我学习和摸索。我去看品牌管理的书，读到个人品牌一节，觉得何不从树立个人品牌开始？

树立个人品牌，第一步得让大家认识自己，那我就要为自己吆喝。

我开始思考，自己的特长是什么，自己的优势是什么？

我从小喜欢唱歌，而且还得过奖。每一场企业活动，我都登台亮相，除了唱歌，还毛遂自荐做主持人。为了提升自己的主持能力，倒逼自己学习专业知识。主持对知识的储备，对综合素质的提高，对现场的思考力、亲和力、表达力、感染力、应变能力、公关能力都有很高要求。肚子里有内容，才能滔滔不绝，而不是挤牙膏般痛苦不堪。

经验、风格、胆量、气场，都是在舞台上慢慢磨炼出来的，此后，也便有了和曹景行、李湘、谢东娜、陈鲁豫、许戈辉、李艾、朱丹、柳岩等名人同台主持的经历。

我不是专业歌者，不是专业主持人，我的真实身份是产品经理、销售经理、市场经理，却有幸成为所在行业知名的歌者和主持人。

他们说这是跨界。其实只是我善于利用自己的长处，并将这一技之长发挥出来。

做任何事情，都要努力去做好。就像稻盛和夫讲的，只要你努力了，肯定会有成绩，人家就认可你，你就会有成就感、价值感，就会更加努力去做好工作。这是一个良性循环。我对自己感兴趣的事情，会更加全身心地投入。

品牌建设，是个漫长的过程，需要不停浇灌，需要一次次宣传、一次次展示，逐步去积累。

后来通过一系列活动，如之江公司的八周年庆典、十周年庆典、十五周年庆典、二十周年庆典以及各种展览会的招待酒会，请来各路大咖，将当时现象级的栏目如《鲁豫有约》《同一首歌》，搬上门窗幕墙行业的舞台，传统制造业也玩出了新花样。

但这远远不够，一个品牌的成长，仍须持续赋能。

之江公司是一家化学建材企业，生产建筑用胶和工业用胶。但我坚持倡导行业文化交流，让"人文情怀"在更多的企业家、商界人士心中生根发芽。

一个人的丰富，也如品牌建设一样，需要连续不断地给

出圈：成为一个有趣的人

予养分，需要不停地沉淀积累。

"折腾"自己，就要"敢想"，就要"敢玩"。

有人说，折腾，好像很辛苦，但我觉得，在折腾这个过程中，你得到的乐趣，得到的满足，是无法言喻的。

当你在折腾中寻找到乐趣，你会发现，很多事情都是水到渠成的，到了一定阶段，完成一些事情，自然而然，美好就会发生。

机会来的时候，伸手抓住它。发挥自己的特长，赋予自己能量，不断去体验，去学习，去感染周边的人。

这样，一个平凡的人，也可以在自己的人生里，将每个平凡的日子过得丰富多彩。

1990年摄于嘉兴南湖

在没有路的时候，闯出一条路

　　无论是生活还是事业，我们都会遇到大大小小不同的问题，下一步我们将面对的是困难还是机遇，很多时候我们并不知晓，也无从选择，我们能选择的是改变自己对待问题的态度。

　　张旭做销售初期，独自走南闯北，先不说要开发一片空白市场何其难，单是那个年代的治安问题，就让人颇为担忧，但在这些风险、这些困难面前，他从来没有退缩过。

第一章 生命在于折腾

跑销售,他有自己独特的秘诀:与任何人合作,一定要先做人,再做事。正是他一直怀着积极向前的心态,带着年轻人"初生牛犊不怕虎"的冲劲,逐渐在华北、东北大地闯出了一片天地。

无论什么阶段,我们都需要怀有不畏艰险、不怕吃苦的劲头,在没有路的时候,闯出一条路。

敢于冒险的人才更易接近成功。不闯出去,怎么知道自己行不行?

敢闯,才是真人生。

二十八九岁,我单枪匹马来到北京,人生地不熟,不知市场在哪里,决定先住下来再说。坐在公共汽车上,我问一个老太太:"北京住旅馆哪边交通比较方便?"她说:"前门那边胡同里有很多旅馆。前门在天安门广场的南面,是北京的中心。"我问:"这个中心,是不是去北京任何地方都方便?""是,去任何地方都方便。"她说。

于是我从前门下车,在胡同里找了一家旅馆。那时的旅馆是集体间,四个人挤在一个房间,大家都不认识,一问,

出圈:成为一个有趣的人

都是出来跑销售的。洗澡用公共浴室,对面的人在冲头,水能溅到自己身上。那时候也没有手机,就前台一个电话,电话铃一响,前台接了便开始喊,谁谁谁,你的电话来了。接电话的人砰砰砰跑过去。

那时候根本没有想苦不苦的问题,反倒很兴奋,也很充实,每天一早背着包出门,包里装着样品和产品说明书,每天都在不停地走,我把整个丰台镇都走遍了,因为丰台丽泽桥有个大型的建材市场。

销售就靠这样不停走、不停聊干出来的。付出总有回报,北京一家门窗厂,做成了我的第一笔订单。当时汽车运输不发达,都是用火车集装箱发货,我记得很清楚,是一个一吨箱的JS-138玻璃胶,13800元钱。第一笔生意的成功增强了我的信心,接下来业务逐步打开并扩大,1998年我设立了北京办事处,公司又提升我担任销售部副经理,紧接着我去了东北。

当时去东北,有一个顾虑:安全问题。

有一次到吉林,当地人告诉我,像我这种一看就是南方来的人,很容易被抢劫。抢劫的人专爱"刨"外地南方人,因为南方经济发达,来跑业务的人身上带的现金多。所谓"刨",就是夜晚趁你在前面走路时,偷偷跟在你后面拿个铁

第一章　生命在于折腾

刨，刨你后脑勺，先把你打倒，再抢你东西，近段时间已经有好几次遭遇了。

他们告诉我，你是南方人，你一定要小心，尤其你个子小小的，更容易成为他们的目标。那天我在火车站附近的旅馆住了一个晚上，第二天一早就赶回北京。安全第一，因为我觉得治安有问题，生意也会有风险。

那个年代部分地区的治安，与现在根本无法相比。有次我们到广州参加完展览会，坐火车回杭州，随身带了很多东西，我们两个人，一个去买票，剩下我一人守着这堆东西。几个地痞流氓模样的人，晃到我身边。我当时紧张极了，这几个人围着我走了几圈，看了又看，我故作镇定，装作没看到他们，心里其实还是很着急，不停地想，同伴怎么还不回来，如果他们动手，我该怎么办？那时候做销售真是不容易。好在，这伙人逛了几圈就走了。

我的同事在广州遭遇过抢劫，也是在展会结束的时候，他刚坐进出租车，一个人就挤了进来，对他说："兄弟，弄点钱花花！"同事害怕，交出钱来，抢劫的人拿到钱就下了车，出租车司机全程也不敢吭半句。那时广州的治安确实令人担忧，一个同事在街头边走路边打电话，电话还没打完，手机

出圈：成为一个有趣的人

没了。动作之快，让人防不胜防。

我们还有一个销售员，带了两瓶茅台酒准备送客户，坐在大巴车上睡着了，中途醒来看看，茅台酒还在，东西也都在，于是继续打瞌睡。等到他下车一拎，惊觉怎么这么轻，打开一看，盒子里的两瓶茅台酒不见了，换成了两个空水杯。

那个年代做销售真是充满风险，即便这样，还是得迎难而上。

做销售不仅不能惧怕危险，还要学会与各种各样的人打交道。1999年我设立东北办事处时，开始研究北方人与南方人的区别。每个区域的人都不一样，知己知彼，入乡随俗，这也是跑销售的一门学问。

例如，到了东北，跑销售不喝酒是不可能的，东北的朋友叫你喝，你就必须喝。南方人喝酒喜欢推三阻四，但在东北喝酒一定要豪爽。喝酒是个态度，他们通过与你喝酒，看你这人值不值得交往。你不喝酒，证明你做事没有态度，后续谈都不要谈了。你想要与客户走得近，酒是最好的一个媒介。

喝酒就像生意场上的一块敲门砖。一生中，我喝酒喝得最严重的一次就在东北，把肝喝伤了，住了整整三个月的院。

第一章　生命在于折腾

有了这次住院经历,此后我再也不喝酒了,因为我觉得,身体才是革命的本钱。

想要做好销售,最重要的还是信任。我在大连有一个客户,和我们如同亲人一样,最初我们靠的就是相互信任才建立起合作。当时与她的第一笔生意,各方面我们都谈妥了,到了最后,她却问:"你能不能先把货发过来,我再付款?"之前我们从未合作过,彼此也不太熟悉,这时候我就要判断,这批货这样发出去安不安全?

做一名销售,不仅要有很强的判断能力,同时还要承担很大的资金风险。为了判断能不能先货后款,我在她店里坐了两天,看她怎样做生意,如何与客户交流,如何对待员工,又是如何对待家人和周边同行商户。我从她的待人接物中,认定她是个可信任之人。

这笔生意,是一个相互考验的过程,通过观察,我选择信任她,愿意为她做担保,给她赊账,我说:"好吧,我先给你把货发过来,货到了大连以后,你再付款。"通过这次合作,她也信任了我,彼此有了信任做背书,此后合作都很顺利。

双方的合作,其实考验的是人,人正了,生意自然而然就来了。

出圈：成为一个有趣的人

在华北和东北的几年，我们一路闯，从一个人到一个团队，从一个城市到一个区域，打下根据地，创下办事处，培养了一批营销人员。

这是一个过程，彼此信任才能彼此成就，之江公司最初的这些代理商，很多跟了之江公司20多年，大家如同家人一般，互相帮助，共同努力，协同发展。

而我们的根据地，也由最初的华北、东北，到如今的遍布全国，甚至是世界各地。

与其更好,不如不同

北京市建筑装饰协会的秘书长樊淑玲,2006年时在中国建筑装饰协会负责国际交流方面的工作,见过不少大场面,到了北京饭店杭州之江有机硅化工有限公司十周年庆典现场,震惊了,场面那么盛大,那么火爆,在场一千多人。舞台上,张旭和鲁豫有说有笑,在一起主持。

这只是一家做胶的企业在北京举办庆典活动,没想到这么多人来捧场,有当地政府领导和行业协

出圈：成为一个有趣的人

会领导，有技术专家，有国内外客户和新闻媒体。在2006年，这种形式的庆典，它的影响力、震撼力都是惊人的，这在行业里是不太可能发生的事情。

当时，张旭只是之江公司市场部经理，却整合了不同平台资源，将一场企业庆典办出了超越行业的声势。

在我们看来不太可能发生的事情，在张旭那儿，却做到了。

2006年12月6日，杭州之江公司十周年庆典暨"中国名牌发布仪式"在北京饭店举行，我把《鲁豫有约》搬上了舞台。

鲁豫一上台，现场就"爆"了。

黑压压一片观众，各个伸长了脖子在看，竖起耳朵在听。

2006年，鲁豫有多火？

作为当红央视主持人、凤凰卫视当家花旦，2001年《鲁豫有约》开播，她前后采访过近1万人。2005年，鲁豫夺得"年度节目主持人"及"最佳谈话类节目主持人"两项大奖，红及全国各地，风头一时无二。在当年，当红明星周迅、刘

第一章 生命在于折腾

欢、易中天等，都到过《鲁豫有约》采访间。

一张沙发，一头标志性短发，鲁豫缓步上台。

曾经"远在天边"的人物，如今"近在眼前"。

我们分三拨做了一个采访，采访的对象都是行业里大家熟识的大咖级人物。鲁豫拥有敏锐的洞察力、亲和力，30分钟的访谈，她总有办法，让人将内心最深处的真实想法，娓

《鲁豫有约》走进杭州之江公司十周年庆典

出圈：成为一个有趣的人

娓道来。

有人问我，你怎么想到把鲁豫请过来？

做活动，要给大家留下一个深刻记忆。用现在的话叫蹭热点。其实也是峰终定律的运用。

什么是峰终定律？

2002年诺贝尔经济学奖获奖者、心理学家丹尼尔·卡纳曼经过研究发现，人们对一段体验的记忆、评价由两个因素决定：一个是过程中的高峰部分（无论是正向的还是负向的），另一个是结束前的最终体验。而过程中的其他体验，对人们记忆的影响很小。

换言之，在一段体验中，我们如在最精彩处或者结束时的体验是愉悦的，那么这整段体验，都会是愉悦的。

例如男女约会，如果在结束时，女孩给男孩一个出其不意的亲昵小动作，那么男孩回去后，会对这个意外惊喜念念不忘。

又如服务体验，宜家1元冰淇淋是经济学上的经典案例，消费者逛完宜家后，可以在出口处买到1元一支的冰淇淋。如此便宜的冰淇淋，对宜家来说亏本吗？不，它收获的客户满意及好评，价值远远高于一支冰淇淋。

第一章 生命在于折腾

与鲁豫合作主持十周年庆典

中央芭蕾舞团《红色娘子军》

一场成功的庆典之所以能给大家带来深刻印象,一定蕴含了峰终定律的奥秘。

除了鲁豫,我还邀请了中央芭蕾舞舞团顶级明星。

中央芭蕾舞团负责人之前对我说:"张旭,我们表演芭蕾舞时,请大家都不要用餐,这是对艺术的尊重。"我一口答应了。

对于从事门窗幕墙行业的人来说,每日只跟铝型材、建筑玻璃、五金、密封胶等打交道,芭蕾舞这一类高雅艺术,与他们的生活完全是两个平行世界,你不邀请,没人会主动靠近。

而正是"不要用餐"这个要求,让我更加坚定了,这个节目必须上。虽然很多人会不满意,但一定会给他们留下难忘的印象。

《四小天鹅》《唐·吉诃德》《红色娘子军》《天鹅湖》,都是经典芭蕾剧目,高雅的旋律、优美的舞姿,共同组成了让全场人全神贯注享受其中的盛宴。

这便是艺术的魅力。

直到现在,还有一名萧山企业家对我说,看芭蕾不让用餐,我有糖尿病,都快饿昏了。

他记住了这场芭蕾舞表演。

记住的方式多种多样。

与其更好,不如不同。这就是峰终定律。

如果能自嘲，你就无敌了

自嘲也是一种有效的自我保护。

一位明星在接受《人物周刊》采访时说："如果人可以自嘲，你就无敌了。人一定要接纳自己，不要假、不要抗拒。一旦诚实，就没什么害怕了。"

善于自嘲的人往往更敢于直面自己的缺点，不藏着，不掖着，不做作，坦荡豁达，反而能具备更好的人缘，让彼此相处更加轻松愉悦。

自嘲能将负面能量转为温柔且带有温度的正能量，

出圈：成为一个有趣的人

> 柔中带刚，是最高明的技能，也是一种禅者的智慧。
>
> 懂得自嘲的人，才是真正自由的人。

人有时候要学会自嘲，自嘲也是自信的表现。

自嘲并不是一件简单的事。

如果说幽默是一种说话艺术，那么自嘲则是最高明的说话艺术。

有次和李艾一起主持。李艾，超模出道，穿上高跟鞋，身高一米九，漂亮、知性。她是目光的聚焦点，她走到哪里，目光就追随到哪里。

我往李艾身边一站，人家一看，哇，这什么组合。

我知道大家在"哇"什么。

他们"哇"我像个武大郎。

若没有强大的内心，会蛮难过的。但我并不在乎，我觉得主持人的魅力在于主持的气场，在于智慧与知识。

于是，我对李艾说："你也知道大家在笑什么。但是今天，我想让所有人见识下，什么叫作短小精干，什么叫作浓缩的就是精华！"

第一章 生命在于折腾

一句简单的自嘲,台下"哈哈哈"笑声一片。掌声轰轰轰地响了起来,现场气氛立马活跃了。

李艾从模特转型为主持人,人称"智商与腿长成正比",她会卖萌,也善于调侃,我说话大胆、直白,两个人同台,默契配合,那场晚会高潮迭起,氛围特别轻松愉悦。

其实,自嘲也可以是一种智慧。

我喜欢唱歌,出过个人专辑,在那个没有微信、见面发名片的时代,我去拍写真,把自己的照片一张张做成台历,然后送人。我想来个差异化,别人递名片,我却是送台历,台历就是我的名片。

当时有个央视主持人叫顾斌,杭州人,也是我的好朋友,在CCTV综艺频道主持过《综艺盛典》,还在CCTV三套主持过《牛人来了》。顾斌拿着台历,笑着对我说:"旭哥,我还没出台历,你就出台历了!"

顾斌出台历,自然没人质疑,新生代主持人,相貌帅气。但是我出台历……

"谁规定了,你不出台历,我就不能出台历。没有人规定,我想出就出!"我"怼"了过去。我爱和他调侃,调侃不会给彼此带来压力,反倒能增进感情。

出圈：成为一个有趣的人

大家拿到台历，还不等他们开口，我就开始自嘲："你们把台历放在客厅里，辟邪的。"每次自我调侃，大家听了，都会笑。

我说话直，想到什么说什么，当你把最容易被人攻击的地方拿出来开玩笑，别人就没有可以攻击你的地方。有些东西，不必太往心里去。

出专辑、出台历，可以打造个人品牌，同时联动企业品牌，自从我将台历在门窗幕墙行业里派送，大家都知道，啊，有个卖胶的人叫张旭，是杭州之江公司市场部经理。

此后，做论坛，做策划人，做访谈，成立房地产产业合作联盟，创办房联产业创新研修院、杭州旭东书院，我逐步把个人品牌在行业里树立起来。

我敢于随时表现自己真实的样子，哪怕是自己的弱点，哪怕会被人嘲笑，我觉得，保持真性情的交往才是最重要的。

自嘲的人往往具有强大的内心，要认识自己的长处，亦要坦然面对自己的短处。

善于接纳全面的自己，才能获得长足改进。

同李艾一起主持行业活动

每一次挫折都是一种成功

采访中,我问张旭,人生中可有经历过特别失败或挫折的事?他想了一会儿,说没有。继续陷入思索,还是摇摇头说,没有特别后悔、挫败的事。

他的助理小蒋提醒了一句,有一次论坛会议,主讲人临时取消议程,不能到场,算不算一次挫折?

张旭想了想,那次论坛,主讲人虽然临时缺席,但在朋友的帮助下,很快调整了主讲人,妥善解决。"那也并非什么挫折",他说,"这只是一次意外"。

第一章　生命在于折腾

不是人生没有挫折，任谁都不可能一片坦途，只是在一切困难面前，他选择了云淡风轻的态度。

云淡风轻，我认为这是一种高维度的修炼：你将困难看淡了，它就变轻了；你将快乐看重了，它在你生活中的比重就高了。你说这是乐观也好，豁达也好，每个人在遇到问题的时候，都会有不同心态。

而谁能走得更远，走得更轻松，走得更快活，心态极其重要。

面对同一件事情，两种心态的人会作出截然不同的选择。

斯坦福大学教授卡罗尔·德韦克在他的著作《看见成长的自己》中指出：

面对挫折，有的人认为"我又获得了新的体验""我在不断吸取经验中逐渐变好"。他们将逆境的经历以"体验"的态度对待，不会怨天尤人，不会沮丧失望。这种心态，称为"成长型心态"。

反之，遇到失败，有的人认为人的智慧和才能都是上天注定，习惯将失败原因归结于"运气不好""个人能力不足"，这种心态，称为"固定型心态"。

出圈：成为一个有趣的人

> 往往，"成长型心态"的人更易获得成功。

每个有文艺情结的人，都梦想开一家咖啡馆或书院。

这两家，我都开过。

2012年，我和画家高泉强老师投资合作、在杭州南宋御街开了一家思磨（Thinking More）咖啡馆。楼上楼下两层，中间还有一个小天井。我很喜欢这个天井。雨天，雨水从屋檐哗啦啦流淌下来，落在天井中央的青石板上；晴天，则能看见天井上方碧蓝色的天空，一朵朵白云慢悠悠地游荡过去。

让人安静。

我就是想做一家安静的咖啡馆，不同于星巴克的快消咖啡。我希望进来的客人，在品味咖啡的同时，更能享受一种安静而惬意的氛围。无论是来交谈的友人或情侣，还是独自来看书或一起来工作的伙伴，他们坐在这里，都能Thinking More——获得更多思考。

我们需要静下来。

看上去很完美。

结果就遭到来自朋友的"灵魂拷问"：你卖的是什么？是

第一章 生命在于折腾

咖啡,是空间,还是情怀?你靠什么赚钱?你就几杯茶,几杯咖啡,房租费一年近50万元,加上人工费、水电费,你有没有算过,一天至少要卖多少杯咖啡?

在当时,南宋御街是杭州着力打造的新步行街,但人气还远不如河坊街,游客也是以外地游客居多,游客观光游览,但愿意走进来花时间喝一杯咖啡的却寥寥无几。

我还真没仔细算过盈利这个问题。

凭着一腔热情,先干了再说。

现实是,开咖啡店不能仅是满足情怀,也是一个商业行为,要考虑成本、考虑收益、考虑运营,投入与产出无法维持有效正比,亏本持续了两年,我只能选择关店。

前阵子,我旧地重游,又去南宋御街走了走、看了看,那家店面仍在,往来游客依旧熙熙攘攘。

有人问,没有继续开下去,有没有遗憾?

我的回答是:没有。

虽然失败了,但回想经历,也蛮有意思的。

事情失败了,但人生有收获啊。

无论好的,还是不好的,都是自己的人生,既然做了,你就要去承担你的选择结果。有时候,要学会放手,放手,

出圈：成为一个有趣的人

也就是放轻松。

人生的每一环节、每一阶段，都是生命的构成，不完美也是人生的阶段。每个人的人生中都会遇到弯路，我们可以把这样的经历，当作"玩乐"，用玩乐的态度去体验生活。

人生不是短距离赛道，人生是一场马拉松，你要的不是时时冲刺，最终的胜利是要跑完全程。

当你用"体验""玩乐"的心态回头看，那一次次挫折何尝不是一种成功？

做自己喜欢的事，爱自己所爱的人

张旭站在旭东书院门口等我们。

书院门口有一个小院，院子里栽有一棵石榴树、一棵柚子树，矮处还有一株金桔、一株柠檬，门边的两盆三角梅，热热闹闹地开着红的白的花，在江南的夏末绽放出南方的热烈。

旭东书院不在闹市，不在景区，在一个僻静的小区，张旭就住在书院的楼上。

我们脱鞋走入书院，原木打造的书桌和书架，

出圈：成为一个有趣的人

有种古朴气息。架上书籍品类丰富，桌上一缕香，袅袅腾起，让书室之静，有了些许禅意。

张旭张罗着为大家泡茶。

就是在这儿，他毫无保留地分享了他的生活和人生经验。

很久以前，我就想要开一个学堂，可以作为自己的工作室，也可以邀请志同道合的朋友一起相聚学习。

一有这个想法，我就开始寻找房子，没想到，第一眼被楼下的小院吸引了，绿荫浓浓的午后，这里独有一份清凉。

我马上跑去问物业，巧了，这套房子正要出售，我怕一犹豫就失之交臂，于是果断全款买下。

小区里的书院，更富有生活气息，邻居牵着狗，从小院门前路过，有时候楼上晾衣服，水滴滴答答往下落，大风天时不时刮来几件衣服，大妈过来拿衣服，就聊上几句。

这种感觉，其实就是生活。

书院的设计师是黄吉，也是余少群北京房子的设计师。我跟余少群是多年老友。他说旭哥，我北京的房子装修好了，你过来看一看。

我到他家里喝茶,哇,他的房子太舒服,我太喜欢这种设计风格了!

坐在这样的屋里,人瞬间放松下来。

我忙问:"设计师是谁?"

他马上把黄吉约出来。一聊,大家审美理念不谋而合。与人打交道,信任很重要,尊重一个人最好的表现,就是信任。我信任设计师,除了旭东书院,我还有其他房子也交给他设计。

现在黄吉也跟我成了好朋友。

2013年,旭东书院刚成立时,还不叫旭东书院,当时叫旭东学堂,挂的是旭东学堂的牌子。

这个学堂,我觉得是聚一聚的地方,同时还能提供一些学习的机会给周边愿意来的人。

我请来不同领域的老师给大家上课,我还邀请过香港保险行业的专家,有些人一听保险就很排斥,以为是推销的,请他们过来,是为了让大家多接触一些理念,多懂一些知识,这其实是蛮重要的。至于买不买保险,那是自由选择,是个人的事情。

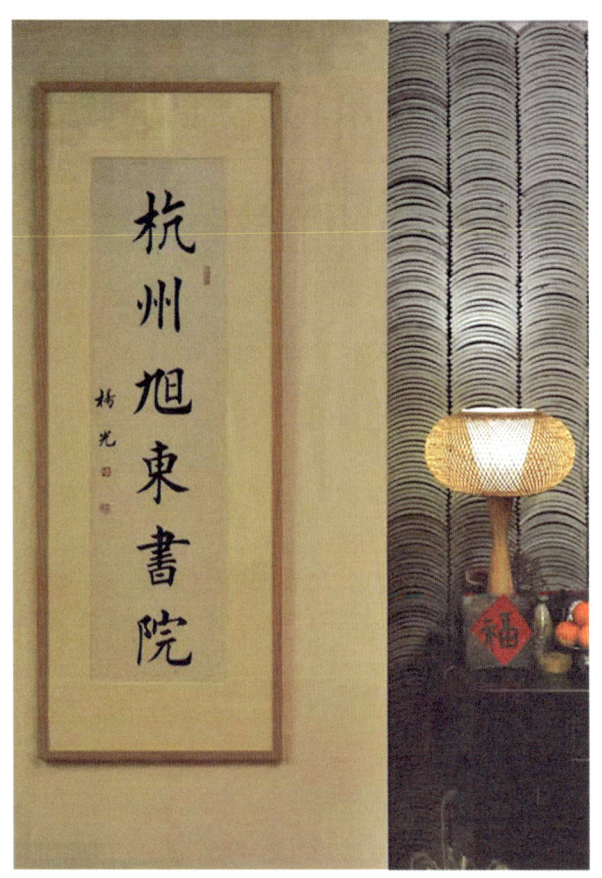

杭州旭东书院

第一章 生命在于折腾

为什么要做学堂？

因为喜欢。

一件事如果能让你乐此不疲、浑然忘我，这件事一定是你喜欢的。做自己感兴趣的事，内心的出发点就会不一样，不仅不求回报，甚至愿意自己砸钱去填补。

旭东学堂完全是公益的。

2018年5月4日，旭东学堂作为中外管理商学院第22家书院，正式在杭州揭牌，并更名为旭东书院。

这是中外管理商学院第一家设在浙江的地方书院。

虽然是商学院，但我的重心仍聚焦在"人文情怀"上：文化沙龙、文化之旅、文化培训、公益慈善。揭牌仪式后，举办了首届"杭州旭东文化论坛"，我们不谈商业模式，不谈行业趋势，不谈未来发展，只分享文化。

水墨艺术家高泉强分享《中国水墨艺术的现代性》；绍兴会稽山龙华寺监院正原法师演讲《心香一瓣——禅是世间的真谛》；美食大咖、提琴制作师李聪讲述"曹酒"与"聪菜"的前世今生；音乐人、男低音歌唱家王晰演绎他的音乐之路《带着一颗好心去流浪》……

此后，旭东书院还开展过许多文化活动。

出圈：成为一个有趣的人

比如，举办首期抄经活动。

华为前终端首席战略官芮斌先生，带着他的新作——《华为终端战略——从手机到未来》，走进旭东书院。

浙江大学党委副书记郑强教授、歌唱家吕薇老师、旭东书院楼向阳副院长以及一众好友，一起到旭东书院参加家宴，唠家常；著名媒体人曹景行携夫人来书院和大家讲故事并品尝旭东家菜。

旭东书院和Pan & Lang高级男装定制在杭州武林店举办名为"一根针线穿引东西方的优雅——绅装与旗袍之美"的主题沙龙。

再比如，宁波象山等慈禅寺的禅修活动。

……

平时我更喜欢一个人待在书院里，看看书，写写东西。虽然我是萧山人，但对萧山却不太熟，下班回家后，我就待在书院里，也很少出去应酬。有朋友过来，大家就一起喝喝茶、聊聊天。

旭东书院是一个能让心独处的"道场"。

我在朋友圈中写过：孤独是用来享受的。

有时候，人需要放空一下，要学会享受孤独，享受独处，做回自己。读书是回归自己、让心静下来的最好方式之一。

喜欢独处,并不与性格孤僻画上等号。活泼、外向、喜交友、广游历的人,照样需要独处的宁静时刻。

父亲住院的那段时间,我一直无法静心。父亲年岁已高,躺在病床上,又患有阿尔茨海默病,上面插着胃管,下面插着尿管,时不时发点低烧。我每天都抽出时间去看父亲,虽然他没什么知觉,我还是握着他的手,传递点能量,静静陪伴一会儿。

我一般等到护士测完最后一次体温才走。父亲的体温让人担心,老年人体温高,容易引起肺部感染,特别是长期卧床的老人,肺部感染的致死率是比较高的。

晚上从医院回来快9点了。心还是定不下来,我便到书院里坐坐,看书有助于定心。一瞬间,担忧、烦恼,好像暂时缓解一点。

做自己喜欢的事,爱自己所爱的人。经历过这些,我愈发懂得了,人生最重要的是,珍惜当下的每分每秒。

学会提问,世界就在一问一答中

　　张旭最近在看杨澜的《一问一世界》。杨澜自2001年开始做《杨澜访谈录》,张旭从2015年创建访谈节目《拉开旭幕》,"提问"是两个人共同的工作内容。

　　杨澜说,采访就像是一次探险,一次对人心的探险。短短半个小时、一个小时的时间,你希望挖掘出受访者内心更深层的东西,这就好像你进入了一个丛林,只是大概知道一个方向,并不知道中间会遇到什么河流、什么沟壑,是否会在山穷水尽之际突然豁然开朗、柳暗花明。如果一直能有一份好奇心,访谈就会变成一次有趣的旅行。

这也许是杨澜和张旭一直乐此不疲的原因吧。

爱因斯坦说:"一个人提问的能力比回答的能力更重要。"

《拉开旭幕》里访谈过的人物,不仅是建筑行业里的人,还有许多行业外不同领域的各类人士。为了能够探索出事物的本质和思考的深度,每次提问前,张旭会做大量准备工作,阅读资料,事先了解被访者的背景,预演提问的内容和方式。

所以说,提问,是在探索他人,也是在不断补充自己。

世界在一问一答中展开。

在中国房地产快速发展的几十年里,涌现了一大批富有开拓精神和深邃思想的精英,他们为中国房地产事业的发展作出了卓越的贡献,并积极推动行业的转型升级。在建筑的

出圈：成为一个有趣的人

透影里，投射出时代的性格和人性的脉动，潜藏着精英们鲜明的个性和一路走来的艰辛。

他们默默无闻，却铸就了行业发展的辉煌，全面、系统地进行研究、总结和反思。聆听他们的故事，对话他们的思想，胜过无数褒奖的浩浩长卷，也是行业无比珍贵的精神财富。

所以，我创办了《拉开旭幕》这样一个访谈栏目。

名字是胡双取的，序幕的"序"，取了我名字中的"旭"。胡双是中央电视台三套节目制片人、导演，又是北京大学艺术学博士，到底是文化人，取的名字也有特点。《拉开旭幕》的广告语是"文化无处不在，碰撞有来有往"，在新浪地产网、中国幕墙网、浙江门窗幕墙网上都有播放，是我们行业里首档访谈类节目。

2015年，第一期《拉开旭幕》的访谈在北京798开拍。当时，有一部韩剧非常火，叫《继承者们》，讲述的是一群年轻继承者们在父辈的企业里如何奋斗的故事。继承，对于中国的民营企业来说，也是个绕不开的话题。

《拉开旭幕》的首期嘉宾邀请了北京嘉寓门窗幕墙股份有限公司的年轻继承者田新甲。他留洋归来，年轻、帅气、儒雅，32岁就已经是一家上市公司的副董事长。不少年轻人对

第一章　生命在于折腾

创二代的生活充满好奇，认为他们生来就有一定的优越感。

田新甲告诉我，其实从小到大，他都生活在一个普通的环境里，父母对他的经济给予都是限定的，他在英国读书时，也得去中餐馆打工，在厨房里做蛋炒饭，包春卷，还送过外卖。毕业后田新甲在迪拜做项目经理，条件非常艰苦，6个人住一个房间。迪拜的夏天非常炎热，施工工地又在沙漠里，每天投入工作十几个小时，光是路上坐车就得花3个小时。

掌舵一家企业，是开创者难还是继承者更难，没有统一的答案，他们都会面临机遇和挑战。田新甲的经历再次证明了：没有明确的方向，没有坚定的信念，没有经历一万个小时以上的积累，是无法走向成功的。

为了拍好《拉开旭幕》，我投入了很多精力和财力，那期《拉开旭幕》是胡双亲自导演的，顶尖的专业团队，拍出来的效果、品质当然是一流的。新冠肺炎疫情期间，节目也未中断，虽然不方便外出，我跟小蒋一人身兼数职，在旭东书院里写稿子，拍摄，剪辑，用讲故事的方式拍出新的节目。

《拉开旭幕》已经五岁多了，其间也在不停递进升级，可以说我是用另外一种身份去对话建筑行业的客户朋友。慢慢我觉得，这不够，面可以打得更开，可以采访更多人。就像

出圈：成为一个有趣的人

胡双说的，不一定要局限在自己行业里面，朋友圈里能给我们带来思想碰撞的朋友还有很多，都可以邀请来。

后来我采访了许多圈外的文化人、思想者。做访谈，最重要的工作就是不断提问，在提问中引发感悟。杨澜讲过一个她在哥伦比亚大学读研究生的故事。当时，她选修了一门社会学。每天上课准时到，作业按时完成，老师列的参考书都看了，论文写得也不错，但期末唯独这门课只得了一个B。她跑去找社会学教授理论，教授说："的确，你的作业都交了，完成得也不错，但是我要给你一个惩罚，因为你上课从来不问问题，这就说明你上课的参与度不高。"

在我们接受的教育中，都是老师一人台上讲，一群人台下听，基本没有专门的提问训练。我们举办论坛，嘉宾讲完后，希望大家互动，问大家，谁有什么问题可以交流一下？结果几百人参加的论坛，鸦雀无声。

所以，现在每次组织论坛，我都增加了一个访谈环节和互动环节，并提前做好准备工作，这样会让来听论坛的听众更有参与感和体验感，让他觉得这样的论坛有吸引力，以后他还会再来。灌输式教育的结果是，大家都不会提问，不敢提问。

第一章　生命在于折腾

其实当你提问时，你是在探索别人，也是在不断认识自己。

杨澜早期采访过许多成功人士，她觉得很兴奋，一个个问他们是怎么成功的，听到的无外乎刻苦啦、坚持啦、伯乐啦，收获了一个个励志的成功者故事。直到她采访到华裔诺贝尔物理学奖获得者崔琦先生。杨澜问他："有没有想过，当年母亲没有坚持把你送出来读书，今天的崔琦会怎样？"杨澜本期待他回答知识改变命运之类的，崔琦却说："我宁愿是一个不识字的农民。如果我还留在农村，留在父母身边，家里有一个儿子毕竟不一样，也许他们不至于饿死吧。"

再大的成功，再了不起的诺贝尔奖，再伟大的科学成就，都无法弥补他失去双亲的伤痛。

后来杨澜反问自己，什么叫成功？她说，回到最后，成功就是做回自己。

我是自己掏钱在做《拉开旭幕》。行业里很多人问，你做这些事情，真的从来不考虑盈利吗？我做《拉开旭幕》，无论访谈的对象是谁，背景如何，都是希望大家找到自己的本心，回归一个真实的自我，然后给更多的人带来启发。

做这样的事情太有意思了，我坚信这样做一定是有价值的，所以我愿意做这样的投资，这就是我的本心。最近有一

出圈: 成为一个有趣的人

家企业对我的这档节目很感兴趣,愿意赞助做冠名商。

所以说,做任何的事情,只要是正能量的,能带给别人美好的,有帮助的,有价值的,能成人之美的,自然而然,付出就一定会有回报。

《拉开旭幕》好戏连台

在学习的道路上从未停止过前进的脚步

人的一生,应一直处于学习中。

比尔·盖茨说:"我们总是高估两年之后会发生的改变,而低估十年之后会发生的变革。不要让你自己安于现状。"唯有持续不断地学习,方能保有求知欲,而求知欲,是人类最高级别的欲望。

思路决定出路,学习成就未来。

在张旭心中,有一个根深蒂固的信念,那就是:持续不断地学习。

出圈：成为一个有趣的人

但他最让我感动的一点是，他不仅能自我学习，还带动大家一起学，用无限热忱，去组织，去策划，以一家企业管理者的身份，热心推动整个行业的学习。

如果说独乐乐不如众乐乐，学习也可以如此，一人学习，不如大家一起学习。

我看到房联产业创新研修院首页放着彼得·德鲁克的一句话："我们今天学到的东西能够在明天使用吗？"

今天，你问过自己了吗？

学习给一个人带来的成长，给一个企业带来的进步，意义太大了。

很多大企业，海尔也好，华为也好，愿意将资金投入在持续不断的学习上。但很多小企业舍不得，也没这个意识。

这方面，之江公司是比较有前瞻性的，我们把普华永道的管理理念引进来，把德国西蒙教授的隐形冠军的理论也引进来。

什么是隐形冠军？

1986年，德国著名管理学家赫尔曼·西蒙教授发现，德国人均出口贸易长年位居世界首位、整体经济持续发展,不是因为大众、西门子这类大公司,而是受益一批虽然不被大众熟知,但在国际市场上一直处于领先地位的中小型企业。

通过一系列研究,西蒙教授称这些企业为"隐形冠军"。

"隐形"是指这些企业不为公众所知;"冠军"是指,在某个细分行业,这些企业拥有核心竞争力和明确战略,占有很高市场份额,甚至占据领先地位。

之江公司董事长何永富被西蒙教授隐形冠军理论触动,这套理论不正是之江公司可以借鉴学习的吗?

他怀着激动的心情前往德国拜访西蒙教授,与西蒙教授深入交流,并将隐形冠军理论与企业发展相结合,探索出一条适合中小企业发展的隐形冠军之路。

之江公司取得今天的发展和成就,与实践隐形冠军理论密不可分。

我们还将企业的学习与践行经验整理成书——《小而美的成长——之江有机硅二十年的专注和坚守》,西蒙教授亲自作序。

让专业的咨询管理公司到企业里来,通俗地讲,就是让他们来看病。有时你不知道自己得的什么病,但是让医生诊

出圈：成为一个有趣的人

断，你就会知道，问题出在哪里。对于企业，也是一样的道理。

2018年3月，我们搭建中国房地产与门窗幕墙产业合作联盟，就是希望建立一个平台，让产业链的企业都参与进来，在联盟平台上更好地交流与合作，互联互通，共享共生。

一家企业进步，影响力是有限的，如果通过深入学习，引进先进的管理理念，让更多企业进步，整个行业才能健康、有序、持续发展。

学习是一种态度，也是一种能力。我希望创造一个学习机会，让企业家有更新的理念，有更高的格局。

因此，2019年3月，房联产业创新研修院成立。

我担任院长，还邀请了泰山管理学院院长马方、长江商学院欧洲首席代表季波、中外管理商学院院长杨光担任名誉院长，浙江财经大学陈晓阳教授担任首席顾问。

房联产业创新研修院拥有了核心"大脑"。

房联产业创新研修院的教学内容分为两部分，其中一部分是人才的培养。一家企业，人才是最宝贵的财富，你有怎样的人才，就能打造怎样的企业文化。

我们开展管理与技术培训，修炼内功。第一期课程，引入了《股权激励与股权设计》《自主经营与内部创业》《客户

第一章　生命在于折腾

需求与商业模式创新》等为行业内企业量身定制的课题。

持续学习是一件非常重要的事情。有些人在得到所需要的答案，或者取得阶段性成绩时，往往会满足现状，停止思考，故步自封。一个人的能力差异，往往不在于天赋，而在于思维差异，在于求知态度。思考深度不同，对问题的理解、处理也会不同。

而未来是个不断变化的时代，这个时代犒赏的一定是那些坚持学习、不断赋能的人。

房联产业创新研修院的另一部分教学内容，是帮助企业提升管理水平。

房联产业创新研修院的研修班去过日本、德国、以色列。管理水平的提升，需要走出去。只有走出去，才能发现国外新技术、新产品、新工艺，才能提升新眼界、新理念、新格局，才能发现国际优秀企业的长处，从而弥补自己的不足。

房联产业创新研修院深耕日本建筑及文化资源，提供"百年企业""建筑工业化""建筑设计""日本古建"等多个定制化游学方案。2019年6月房联产业创新研修院首次走进TOTO小仓第一生产基地、安川电机机器人工厂，参观了钟化KANEKA、丰田汽车堤工厂；2019年11月房联产业创新研

出圈：成为一个有趣的人

修院一行25人的"日本建筑绿色工业化研修班"又奔赴日本学习。

日本有很多观念值得我们思考,最核心的是理解他们的理念,如他们对利润的控制点,基本控制在10%以内,这种自律很值得我们国内企业思考。

德国不仅有匠心,还有创新。他们的创新能力也是值得我们学习的。其实,我们有很多东西是模仿的,所以到展会后期,一听我们是中国企业,他们不想让你拍照,因为担心你拍照,回去就模仿出来,价格又很低,要知道,人家可是花了很多研发费用做出来的。

以色列企业也追求创新,其实,我们国家需要更多的创新人才。创新人才的培养,关键要培养创新思维。事实证明,走出去,吸纳新知识与新智慧,是能培养创新意识的。

房联产业创新研修院成立仅两年,大家对我们的评价却很高,当下这类活动组织得多,大家选择余地也多,很多行业同仁会主动来问,你们什么时候组织游学,我们跟着你们一起"玩"。

对,他们讲的是跟着一起"玩"。

房联产业创新研修院（原房联商学院）"百年企业研修班"走进日本 TOTO

房联产业创新研修院（原房联商学院）"建筑绿色工业化研修班"走进日本 DIC

永远没有完美，但要追求极致

日本，是张旭经常谈起的一个国家。

他很欣赏日本文化中的"极致"理念。

"就算一辈子只做刷马桶的，也要是全世界最好的。"这句话来自一个"刷马桶匠人"——新津春子。

一个平凡的人，如果将一件平凡的事做到了极致，那他必将是不平凡的。

2006年11月，之江公司十周年庆典，张旭通过一件伴手礼诠释了"极致"的魅力。

第一章　生命在于折腾

什么样的伴手礼?

一个貔貅,一个刻上名字的貔貅。

张旭的合作伙伴回忆道,当时收到这个刻有自己名字的貔貅礼物,一下子感受到之江公司的人文情怀。以人为本,到现在依然是很先进的理念。

张旭做事一丝不苟,很贴心。他说。

器物,原本只是器物,张旭通过一件器物,将服务做到极致,几年后,十几年后,这件器物仍是有故事、有情感的器物。

那么,如何做到极致?

专注。

精进。

张旭的书架上,摆着稻盛和夫的书和周华诚的书。这两位,也是我喜欢的作家。

我将周华诚的《造物之美》和稻盛和夫的《活法》,再次翻阅了一遍。或许,从书中,我们能找到更详细的答案。

作家周华诚的《造物之美》认为"专注"是极致的内核。

出圈：成为一个有趣的人

他提到，在几百年的发展中，深受"一生只做一件事"职人文化滋养的日本工匠精神，以完美和极致，经过几百年几代人的传承，演变为制造业强大的制造能力和精细化的管理模式。

稻盛和夫的《活法》将"精进"作为抵达极致的修行方法。

他说，释迦牟尼谈到参悟之道，其中重要一条叫"精进"。所谓"精进"，就是拼命努力、心无旁骛、埋头眼前的工作。全神贯注于一事一业，持之以恒，精益求精，人在这个过程中，灵魂自然而然获得净化，形成厚重的人格。

专注、精进，没有永恒的完美，但有永远的极致。

最近，我在看日本的《工匠精神》和德国的《隐形冠军》这两本书。日本和德国这两个国家，是值得制造业企业深入学习的国家。

据数据显示，截至2016年，全日本超过100年历史的老店铺和企业达33069家。

第一章　生命在于折腾

为什么日本能有三万多家百年企业？

日本的百年发展历史，不缺乏灾难，海啸、地震、台风、经济危机……这些企业是在危机中成长起来的。

日本的企业除了工匠、匠心，一定有自己的思想体系，才能走得这么长久。

例如打扫厕所，擦马桶也有一套完整的工序，他们将马桶擦得锃亮，还会拿面小镜子，仔细检查内侧是否还有污垢。

他们的专注，他们的自律，对我触动很大。特别是他们说的，人在做，天在看，人看不到的地方，神在看着。

那种对工作的敬畏，是我们缺少的。其实很多东西，都值得我们敬畏。

2019年，我作为领队带房联产业创新研修院的成员去日本研修，拜访了世界上最长寿、最古老的企业——金刚组株式会社，并采访到金刚组木内组头领木内繁男先生。

木内繁男在金刚组工作了51年，他的父亲也是金刚组的专属寺庙木工。他说："从我懂事以来，好像就没有关于寺庙木工以外的选项。在工作了一段时间以后，中途也曾想过从事别的行业，但最终出于对金刚组的热爱还是坚持下来了。"

木头——最平凡的建筑材料，在金刚组木匠手中，却诞

出圈：成为一个有趣的人

生出一件件艺术品。

一幢宏伟的建筑不需要一颗钉子。每一件作品却都可以维持百年以上。

这些，靠的是延续1400年的技艺和木匠们的工匠精神。

在金刚组，一名木匠需要经历3—5年的学徒期、5—10年的起步期，才可以成为熟练从业者，30年以上才能拥有指导作业的资格。

木匠还需要了解每一棵树的脾性。这世上没有两棵一模一样的树。它们所处的环境，接收的光照、水分不一样，造就每一棵树都会有自己的形态、性情和喜好。

经验丰富的木匠通过眼睛看、鼻子闻、手触摸、敲击听音，就能判断木材的健康状态，判断出这些木材分别长在山头什么位置，适合做何种梁柱。

这便是匠心精神。

研修班里的一名浙江学员说："日本百年企业能有这么多，除了制度不同外，更多的是对质量和细节的坚守，对自己企业信念的坚守。我们最大的差距不是在加工设备、工艺技术方面，而是在于文化理念，尤其是企业文化。"

他们对于细节的崇拜、对极致的追求，已然成为一种文化、一种信仰。

在一个充满竞争的环境下，很小的一个进步，哪怕细微的一个举动，都可能带来伟大变化。

2006年11月，之江公司十周年庆典，我借助一件貔貅伴手礼，让我们的服务更加极致化。

为什么选择貔貅做伴手礼？

貔貅是中国的吉瑞之兽，有开运、辟邪、吸纳四方之财之寓。那么，一个刻上名字的貔貅，则是世上独一无二的貔貅。

这件礼物，代表了我们对客户的重视和尊敬。

此前，我们送的是茶叶、丝绸，虽是地方特产，但毕竟是大众之礼，没有企业独特的文化标签。一尊琉璃做的貔貅，琉云璃彩、美轮美奂，工匠用心地在每一尊貔貅上镌刻上名字。这尊貔貅同时还是一个印章，印章的形式体现了我们对中国传统文化的追崇、传承。

把貔貅印章作为礼物没有先例。

虽然只是一件礼物，但礼物是一对一的，你得不停地与客户确认，你来不来，什么时候来？还得提醒客户，这里有刻着你名字的礼物，你得记着来啊！

出圈：成为一个有趣的人

倒逼着企业员工工作主动化、服务精细化，倒逼着公司提高管理水平。

15年过去了，那些刻着名字的貔貅仍摆放在客户办公桌上。

我们无法要求完美，但可以力争做到极致。

这在当时是非常成功的一次策划，把之江公司的品牌文化建设提到了一个新的高度。

《拉开旭幕》访谈世界最长寿企业日本"金刚组"头领——木内繁男

敢想敢玩，人生不设限

张旭无数次站在台上，当过主持人，当过嘉宾，与众多明星都有过同台合作的经历，无论是舞台灯光的璀璨夺目，观众的如潮掌声，还是商界精英的对话碰撞，都比不过他站在浙江财经大学的一尺讲台上来得庄严难忘。

他可以说是以身作则、不遗余力地向年轻学生们传递着"敢玩""敢想"的人生态度。

人生嘛，就要有多种经历。

第一章 生命在于折腾

张旭的人生还是很有意思的,他多才多艺,将自己的兴趣爱好与工作的方方面面结合起来,办演唱会,当主持人,出唱片,做客座教授,包括现在,他打算出一本书。他有强烈的好奇心,驱使着他对很多未曾接触的领域去探究,去深入,也因此能从一个传统制造行业、一个2B(面向企业)的工业性产品中,玩出了既有文化又有影响力的跨界事件。

跨界,是一种思维跳跃的能力,一种玩的能力。拥有跨界思维的人,不再满足于"单一职业",而是希望拥有更多技能、特长,去利他,去赋能,并不断拓宽自己的视野,享受百样生活、百样人生。

跨界的人生不设限。

制造业在国民经济中的地位举足轻重,是国之根本,但现在的制造业留不住年轻人,他们更向往新兴的互联网企业、金融投资等行业。

在向"中国制造2025"迈进的途中,制造行业也在不断转型升级。我和浙江财经大学东方学院一起推进产教融合,

出圈：成为一个有趣的人

产教融合"融"的不是企业，而是整个行业，包括浙江中南、浙江墅标、兴三星云科技这些大的企业。通过浙江财经大学东方学院，我们可以将行业里的信息直接传递给学生，也能深入了解当代学生择业的需求点在哪里。以前是学校和企业对接，现在是学校和行业来对接。我们在海宁兴三星做了一个教学基地，大三的时候，学生可以到基地里实习，了解企业文化，了解行业的发展，我们也以此吸引更多的年轻人走进制造业。

传统制造业的转型，逐渐越过4P（产品、价格、促销、渠道）、4C（客户、成本、便利、沟通）转向4I（信息、兴趣、交互、IP）模式，由点对点信息传递向只提供信息和资讯转变，从而赋予客户更多选择权。

在论坛上，我请学生到台上做访谈嘉宾，我问学生们，制造业占我们国家整个GDP总量的多少？他们不知道，也不相信，到目前制造业已占我国GDP的29.4%。

作为浙江财经大学东方学院的客座教授，我给同学们讲过一堂关于"传统制造行业跨界营销"的分享课。

传统制造业也需要跨界。

跨界营销的本质是整合。

三个案例,还原了门窗幕墙行业的跨界营销实践。

2006年,杭州之江有机硅化工有限公司十周年庆典将《鲁豫有约》搬上行业舞台,并邀请中央芭蕾舞团顶级明星,让大家欣赏高雅、古典的艺术,与企业文化定位结合起来。这就是借势营销的体现,将热点的势能快速转移到自身,让客户增加对品牌的印象,并且融合多种文化元素,表达出企业的文化理念和文化品位。

2005年至今,广东坚朗公司都会举办"坚朗杯"国际高尔夫球赛,参与者有房地产商界要人、门窗幕墙行业精英、著名专家、行业媒体,这种跨界体育盛宴不仅对产业链是一次整合,还传递出积极健康、国际化的企业文化。现在,坚朗高尔夫球赛已经成为我们行业的品牌盛事。

2014—2015年,"墅标杯"人文·风光·建筑摄影大赛的举办,将摄影文化和建筑艺术有效整合。门窗幕墙行业就是城市之美的设计师和建造师,建筑之美就在我们身边,用镜头捕捉人文、风光和建筑之美,用文化为品牌赋能,彰显行业文化的同时,也让大众感受到门窗幕墙行业对绿色环保、健康文化的推崇。

这个世界只有美好的事物才会被人们记住,而艺术是这

出圈：成为一个有趣的人

个世界最美好的表达形态。通过跨界，让传统制造业融合更宽广的生活美学、艺术美学，也让更多的人看到传统制造业拥抱文化、拥抱年轻、拥抱未来的积极画面。

跨界营销的核心是人，尤其是年轻人，更要有"敢想""敢玩"的心态，在实践中不断塑造自己的斜杠力。

人生不可能只有一个身份，例如生活中，在父亲面前，是儿子；在女儿面前，是父亲；在爱人面前，是丈夫。或者你在这个人面前，是老师；在那个人面前，你又是学生。每个人都是一个多元的人。

不同场景，角色不同，这就是身份的多元化。未来，"公司＋雇员"的模式一定会被"平台＋个人"的模式所取代。打个比方，我可以是之江公司的副总，可以是行业协会副秘书长，可以是一家书院的院长，或者可以是一家文创公司的创始人，又可以是一名授课老师。

无论是跨界也好，多元也好，斜杠也好，尽可能多地去体验，并在这个社会发挥你最大的能量。

现在很流行说斜杠青年。"斜杠"，就是在你主业的基础上，发挥自己的特长，做一些自己喜欢的事情，但一定是正能量的，一定是成人之美的，一定是锦上添花的。

例如，我创立了中国房地产及门窗幕墙行业首档访谈节目《拉开旭幕》，对话了一大批在中国房地产快速发展的几十年里涌现出的企业精英，传播企业家精神。

例如，我担任业余主持人，与李湘、朱丹、柳岩、曹景行等合作主持行业大型活动，并形成个性独特的品牌标签，传播行业文化。

例如，我出个人专辑，《章续》《感谢生命》《回到家里真好》这三首单曲表达了我在不同时期的人生感悟，分享我的人生态度。

稻盛和夫说"与其寻找自己喜欢的工作，不如先喜欢上自己已有的工作"，将工作看作生活的一部分，保持"快乐工作，精彩生活"的人生状态，去热爱自己的工作，或者去寻找自己热爱的工作，敢想，敢玩，敢走出去，跨界的人生才精彩。

每一代人都有每一代人的天下

张旭不仅长相年轻,心态也很年轻。有一次在咖啡吧会面,他穿着一条鲜亮的绿裤子走来,大笑着说:"绿色不是一般人能驾驭得了的,但我能驾驭。"

张旭有很多年轻朋友,这些朋友喜欢叫他旭哥。他与年轻人之间没有隔阂。

一个人二三十岁时,往往很有激情去尝试改变,去追求自己的梦想,到了四十多岁,大多数人会选择按部就班。但张旭已经五十多岁了,仍像年轻人一样充满激情,在追梦,在做自己想做的事,在尝试没做过的事,仍在主动地靠近年轻人,仍主动地想,年轻人喜欢什么。他从不以过来人的姿态指指点点,而是选择与他们融为一体。

这才是真正的年轻心态。

也难怪他能收获如此众多的"忘年交"。

"全国建筑门窗幕墙行业青年企业家联盟"建立之前,我策划了三次沙龙,也就是座谈调研,我想知道年轻人在想什么?他们需要什么?为什么有这么多民营企业家二代不愿意接班?

我觉得这不仅是行业问题,也是社会问题。当今年轻人的想法,跟他们的父辈是完全不一样的,父辈们更多关注财富的积累,而企业家二代更在乎价值的体现。这些年轻人,他们对金钱没有概念,他们从小生活在富裕的条件下,没有经历过贫困。但他们的父辈是怎么过来的?是历经艰苦才支撑起企业的今天,才积累了今天的财富,但后辈们没有这种体验,他们理解不了父辈创业的艰辛,也无法感受父辈对企

出圈:成为一个有趣的人

业的感情。

一个人说这个东西不好吃,那个东西不好吃,那是因为他没有真正饿过。真正饿过了,才知道任何东西都好吃。这些年轻人没有饿过,他们想象不到父辈们经历的千辛万苦。

这些父辈企业家,可以说是历经千辛万苦,踏遍千山万水,道尽千言万语,千方百计、辛辛苦苦才积累下财富,但是年轻人大多国外留学,他们接受的是西方的、理性的、先进的、标准的、规范化的管理体系和思路。他们会反过来质疑父辈,觉得父辈的管理"太人性",没有规章,没有标准,缺乏民主,随心所欲,都是一个人说了算。

但这就是民营企业的文化特色,民营企业的企业文化就是老板文化。

有位老板的女儿从国外回来,她提倡取消单休,执行双休。结果,她爸把她骂了一顿:"你懂什么,我们都这么过来的,你来了就要双休,你是没事情做了,要双休?"这就是文化差异、理念差异。女儿认为双休是天经地义的,他爸却觉得,公司发展多不容易,有太多事情可做,你怎能还想着双休?

民营企业家二代不愿意接班,我们这个行业如何向前发展？这是民营企业家必须面对的问题。

于是，我把民营企业家二代们召集起来座谈交流，一代不允许参加，我要听听他们年轻人真实的想法。

千姿百态，百花齐放，真是太有趣了。

竟有80%的企业家二代表示：才不愿意接班呢！制造业企业苦累不说，利润又薄，玩金融、IT多有面子，哪怕开个汽车4S店，开个面馆，也比干制造业有意思。

一个企业家二代说，他爸不给他权力。一代民营企业家，普遍认为自己还干得动，并不愿真正放手交班。先给予权力，又把权力收回；再给予，再收回；又给予，又收回，反复三次。而且不断被爸爸否定，这个不行，那个也不行，于是他与他爸吵翻了。最后他爸抛下一句："眼高手低，什么也不懂，真让我操心。"孩子也委屈，撂下不干了。他爸再去找他，他也不搭理。这不是一个笑话，是真实的事情。

一家建筑集团老板的儿子，也来了，他说："我很想单独做一个项目，并有充足的运作空间，但我爸一会儿要我去这个部门锻炼，一会儿又要我去那个部门学习。"他爸想要综合磨炼他，让他了解公司每个部门的运作。他却认为要先在一个部门把事情做好，才能体现出自己的价值。

出圈：成为一个有趣的人

有个企业家二代，在美国留学并拿了注册会计师证，回来却说："日本的拉面太好吃了，我就想开个拉面馆。"她爸妈怔住了，夫妻俩就她一个孩子，她不接班，企业怎么办？

还有一个女孩，她妈妈指定让她学某个专业，她到国外后偷偷把专业改了。

这些，都反映出企业家一代与二代间的矛盾和代沟。

座谈会中，企业家一代们都出去了，有一个年轻人的妈妈仍坐在边上不肯离开，被特意提醒后，方才不好意思地走出去，但还是不放心。大人们始终觉得儿女们还都是小毛孩、小屁孩，羽翼未丰，很多不懂。其实这些小毛孩、小屁孩，有些东西比父母懂得多。

他们不喜欢被叫"富二代"，喜欢称自己为"创二代"。他们认为，他们的压力更大。压力在哪？父母的年代没有对标，自己想怎么干就怎么干，但是企业家二代们有对标，时刻在被比较——你比你爸强，还是比你爸弱。有对比才有伤害嘛，而且上一辈还总爱把自己过去的经历当作真理。

这些民营企业家，二三十岁创业，现在都已五六十岁了，如果二代接不上，那企业该如何走下去？为什么在日本，有很多家族企业能一代一代传下去，传承百年？

第一章 生命在于折腾

关键是,我们得让这些年轻人融入行业,行业后继有人,才能健康有序持续发展。所以,我联合三大协会创建了"全国建筑门窗幕墙行业青年企业家联盟"。

我坚信,我在做的这些事情,对行业是有帮助的。每个年轻人都有自己的想法,这些想法不一定错,只是不同而已。我们要尊重他们,适应他们。年轻人也要有个平台,可以谈话、交流,甚至是发泄。

未来是属于年轻人的,长江后浪推前浪这是时代发展的规律,谁都挡不住。如何发挥年轻人的作用,也需要我们融入他们,要把自己定位成一个年轻人,用一种年轻人的思维,了解他们的思想,了解他们的需求。

那就要尊重他们的爱好,听懂他们的想法,和他们打成一片。例如,我知道很多年轻人大多从国外留学回来,我就会在活动最后增加一个具有仪式感的晚宴——西餐,还有品酒师来讲红酒文化。晚宴要求所有人着正装。年轻人需要这种仪式感、体验感。

我自己也会根据不同场合穿不同的服装,如果是正式活动,即使大热天,我依然会西装领结,因为这样穿,是尊重,是职业的,是有文化素养的。

出圈: 成为一个有趣的人

2019年成立的青年企业家联盟除了45周岁以内的"创二代",还集结了一批年轻的高级职业经理人。这些年轻人,在企业发展中,起到很大推动作用。

每年,我们还会评选10个"青年榜样",因为榜样的力量是无穷的。

相信他们,每一代人都有每一代人的天下。

单纯就是核心竞争力

2020年12月22日,"人民网"微博的一篇题为《别让不正之风荼毒年轻人》的评论窜上了新浪热搜:"从面包饮料到大牌奢侈品,甚至还有金条,礼物贵重程度让人震惊;从节目主持人到工作人员,覆盖范围之广令人咋舌。近几年,粉丝后援会为了自己偶像的面子和受到所谓'照顾',越来越喜欢下血本,这种不良风气已经蔓延至整个娱乐圈,成了行业明规则。如此导向,无异于告诉涉世未深的年轻粉丝们，只要送礼就能解决很多问题。让他们带着这样的价值观成长，后果不堪设想。"

没想到，成人世界中"送礼"的歪风邪气已经渗透到未成年人中，甚至从"潜规则"上升到"明规则"。

这让我想起张旭一直在倡导的"绿色营销"。

绿色营销原是适应21世纪消费者需求而产生的一种新型营销理念，是在人们追求健康、安全、环保的意识形态下发展起来的一种新的营销方式。广义上的绿色营销，也可以解释为企业在充分考虑社会效益下，能自觉维护生态平衡、自觉抵制各种有害营销的一种营销方式。

张旭对他倡导的"绿色营销"有新的解读。他认为，想要创造"绿色"的环境，杜绝各种商业乱象，需要一系列的规章制度，需要改变过去那些不健康的社交方式，需要大家齐心协力共同努力。

"绿色"代表标准、规范；"绿色"也代表单纯、简单。

周国平说，人生应该力求两个方面的简单：物

质生活的简单，人际关系的简单。有了这两个"简单"，心灵就拥有了广阔的空间和美好的宁静。

几年之前，我提出了一个"绿色营销"的概念。很多人问，你的"绿色营销"指的是什么？

我所倡议的"绿色营销"实际就四个字：标准、规范。

无论做市场还是做销售，都要建立在公平和诚信的基础上，大家按照合同来，讲标准，讲规范，这本来是一件很正常、很单纯的事情，但在实际中，却有很多看不见的"潜规则"，让单纯的商业行为复杂化了。

为了维护关系，塞红包、喝酒、唱KTV、安排吃饭、送礼、拉关系，贬低别人、抬高自己，心思都花在暗箱操作上，台面上还不能明说，得非常委婉，这样子做生意，特别累。

我非常赞同一位国际友人的观点：只要从嘴里说的话，都应该是真话。但在中国做生意，很多时候不是这样的，真的假的搞不清楚，你猜我，我猜你，都带着怀疑的态度，合作怎能长久？你要是太较真了，别人还说你"傻"，听不懂话外之音。

出圈：成为一个有趣的人

所以，要倡导"绿色营销"。如果你帮别人促成了生意，想要好处费，也可以借鉴国外的佣金制。这就是标准。

规范呢，指的是大家的商务交流，是健康的、诚实的、真实的、有效的。

大家何不把彼此的精力和时间，转向一种更健康、更向上的方式？我组织过摄影展，办过高尔夫球赛，大家聚在一起谈论摄影，一起享受阳光，这种形式的交流，不是更健康、更绿色、更环保吗？远离一些没有意义的社交，将精力花在自己喜欢的事情上，将时间用在自己喜欢的人上，大家不仅能碰撞出共同的兴趣点，还可以交到真朋友。

刚入职场的年轻人可能比较担心，大家都去敬酒了我不去，大家都送礼了我不送，会不会被认为情商低，或者是不会与人打交道？

一定要坚信自己是有价值的人，即便在领导面前，也要有礼有节，善于表达自己的观点和思想。有些年轻人以为，要有高情商，才能在职场上不断得到提升。他们对情商的理解仅仅是表面的，以为会说话，会察言观色，会拉关系，就是有情商。情商是一个综合能力的表现。它不仅与性格有关，还包含三个方面的内容：

第一章　生命在于折腾

第一，就是人品，这是最重要的，你为人诚实、真实、务实、踏实，你有责任和担当，你做事的方向正，不是歪门邪道，让人信任和放心。

第二，就是软能力，也就是你的处世，它是个人能力、社会能力和情感能力的综合力。要有主动精神、大局观，要有同理心、感召力，要有亲和力和影响力，更要有协同能力和凝聚力。

第三，自我管理。管理不好自己，如何管理别人。人生难免有求于人的时候，难免有被各种欲望牵引的时候，要学会自我反思、自我评估、自我控制，不断改变自己、完善自己。

"绿色营销"一定是未来的趋势，大家按照标准来，按照规范来，都能活得轻松、干得轻松。不管你的企业做得多大，脚踏实地是基础，大家把精力集中在做好事情上，不走旁门歪道，越简单，成效越高。

单纯是核心竞争力。

简单才是一个人最高级的品性。

Chapter
02

出圈
成为一个有趣的人

第二章
要好玩,先丰富自己

> 要好玩,就要做一个好玩的自己。
>
> ——郑 强

谈父母：陪伴是最长情的告白

每一次交谈，张旭都会提起他的父亲。父亲在住院，情况时好时坏，让他无比挂虑。

世界上最平凡的爱是父母之爱，世界上最伟大的爱也是父母之爱。他们用尽一生，不计回报地付出。

他们年轻时，将陪伴给予了我们；那么，当他们老了，我们有无将陪伴回馈？

年少不懂父母恩，懂时已是中年人。

不要等到离别当前，才发现什么才是最重要的事情。

第二章　要好玩，先丰富自己

不要总想着未来很远、时间很长，认为不用着急，认为还有机会，而将对亲人的陪伴置于最后一项。

珍惜眼前人，陪伴眼前人，无论多忙，都抽空陪陪父母，与父母聊上几句，领悟生命传递的信息——陪伴才是最长情的告白。

我父亲那一代人，不太善于表达爱，对子女，没有很细微的情感，他们常常以一种严厉的方式表达对孩子的关心。

有一年，我期末没考好，父亲直接撕破了我的成绩单。那是1985年，我已经读高中了。

只因为数学差。

我理科不太好，文科比较强，特别是作文，通常被作为范文。

那次数学，我考了38分。

父亲特别生气，真的是那种恨铁不成钢的怒气。

父亲经常辅导我学习，他知道我的薄弱之处，但我就是不长进，无论怎么辅导，成绩就是上不去。所以父亲特别生气，不仅因为分数低，还因为他一直在辅导我，却没有成效，

出圈：成为一个有趣的人

一怒，就把成绩单给撕了。

被父亲撕破了的成绩单，我依然保存得好好的，保持着它撕碎的原样，不再粘回去。现在回头看，这张成绩单里有爱的成分。

爱的成分，更多是一种责任。

父亲对我的交友也管得特别严。

20岁，我开始上班走上社会。我性格比较开朗，所以交友非常广泛，社会上各种各样的朋友，都会结交一些。

有一天晚上，我深夜12点左右回家，父亲就坐在客厅，开着灯，一直等着我。我站在门口犹豫，进去吧，会被骂，不进去吧，又不行，思前想后，还是厚着脸皮敲门进去。

父亲就坐在那里，板着脸，非常严肃："你这么迟回来，是不是在做贼？"

"我怎么会去做贼？"

"一般正常的人，这个点儿都已经睡觉了，你这么晚，不做坏事，你在干吗？！"

他就不停问，你在干吗，你这么迟，你在干吗？！

我只是和朋友坐坐聊聊天而已，却被父亲批评了许久。我当时无法理解，我都成年了，父亲为何在交朋友上仍是管得

第二章 要好玩，先丰富自己

死死的。不过，从那以后，我一般最迟晚上十点钟肯定回家了。

还有一次，我和我父亲骑着自行车，一个朋友骑上来，踮着脚和我讲了几句话。回头，父亲就和我说："不要和这个人交朋友！"我还觉得父亲真是多管闲事，就因为这个人穿得有点花里胡哨就觉得不能交朋友吗？

后来，这个人因为做坏事，被拘留了。

有时候，大人看人的眼光还是蛮准的。他们走上社会多年，经历过很多事，也阅人无数，所以看人的眼光会更加毒辣。

那些被父亲认定为"不能交"的朋友，后来，有不务正业的，有出事坐牢的。这点上，父亲拿捏到位，他在我年轻气盛又缺乏交友判断力的时候，始终给我指明了一条"正途"。但在当时，我不能理解，感觉自己都已经长大了，已经很懂事了，已经有自己的判断能力了，为何他还管这么多。我甚至天真地认为，什么样的朋友都可以交，哪怕他们做坏事，我不参与就好了。其实不是这样的。我原先有个邻居，他的父母就对他采用了放纵式管理。他的父母和我想法很像，觉得孩子长大了，管太多干什么，随他们去好了，结果，交友不慎，四个孩子中，除了一个儿子还好，剩余的三个都出了事。物以类聚，人以群分，现在看来，交友是人生中非常

出圈：成为一个有趣的人

重要的事情。

很庆幸，父亲在这点上对我进行了"严"管。在我成长的几个大节点上，牢牢替我把着关。

在生活的细节上，我没有体会到特别的父爱，但在人生的前行方向上，他始终在为我保驾护航。

相比父亲，我母亲要简单快乐许多，这和她的出身背景有关。她从小家境富裕，大小姐般长大，结婚之前，都不会烧菜做饭。她是享福之人，没吃过多少苦，心思单纯，不会为柴米油盐操心，也不会为了某样东西需要花费多少钱去担忧操持，这样的好处是，她一直生活得很有安全感，没有太多忧虑。

她喜欢热闹，喜欢和人聊天。疫情期间，都快把她憋坏了。我在线上给她下单买菜，她出不了门，像个孩子一样每天打电话来问："什么时候能出去？"

那段时间，父亲长期住院，我妈自己一个人住，家里待不牢，有时听听保健品营销课，买回来一大堆保健品，有时和朋友出去走走，在老年大学唱唱歌、跳跳舞，自己干自己的活，独立性很强，也很自在。

后来我想，母亲80岁了，在她头脑还清楚的时候，一定要对她好一点，不再去限制她。我说，你怎么开心怎么来，

第二章　要好玩，先丰富自己

只要身体好，就是我们的福气。

前十年，父母的健康让我拥有了安心的自由，但现在牵挂重了，心里最放不下的就是父母。

这就是人生必经的过程吧。

后来，父亲的病情每况愈下，一会儿换重症室，一会儿发来病危通知，病危通知已经收到五六张了，周边很多朋友说，你们应该放弃了。

但是他是我父亲啊！我无比纠结，我无法放弃，也下不了这个决心，在还有能力维持的时候，能多留一天是一天。我们以这样的方式来留住父亲，因为这样，能感觉到父亲还在，家还在。

我握着父亲的手，这个人，是一辈子一直护在我左右的人；这个人，是读书时撕了我成绩单的人；这个人，是从来没有说爱我，却默默爱我最深的人。

我深深体会到，陪伴才是最长情的告白。

有时在医院里，我会放一些他那个年代的歌，我父亲唱歌也很好，我把他过去常唱的歌曲调出来，放他耳边，给他听，特别是上海说唱《金铃塔》，年轻时，他能完整地唱出来。我不管他能不能听到，我都会握着他的手，静静陪伴一

出圈：成为一个有趣的人

个小时。

爸爸还在的感觉，让人心安。

时间慢慢逝去，生命慢慢消磨，父亲也在用这种慢慢的方式，让我们慢慢减压，慢慢坦然，慢慢想开，慢慢适应。

慢慢接受生命的意义。

2021年3月1日，父亲走了，最疼爱我的人走了。从这一刻起，家不再完整。天地永别，只留下深深的怀念让我心疼。

夜深了，心里一遍遍地想念……

家人合影

谈女儿：如何培养孩子的自驱力？

张旭笑着说，我女儿像我。流露出一个父亲对女儿的宠溺和欣慰。

"像"，其实是一个以身作则、潜移默化的过程。

榜样的力量是无穷的。张旭是个自驱力极强的人，作为父亲，孩子最亲近的家人之一，张旭的自驱力，也一直影响着他的女儿。

相比孩子的成绩，他更看重孩子是否有完善的人格，是否有正确的价值观。相比物质的满足，他更关注孩子内在的精神与力量,关注她的心中是否有真、有善、有美。

他鼓励女儿做自己喜欢做的事情,并在追求自己爱好的过程中获得成就和喜悦。只有这样,才会不断迸发出热情和激情。

一个有自我驱动力的孩子,在任何方面都会更有主观能动性,更懂得自我开拓、自我争取、自我努力。

那么,怎么培养自驱力呢?

现在的孩子学习压力大、课业繁重、培训班多,现行的升学制度,把孩子的时间塞得满满的,他们完全处于被安排中,处于被动学习中,因为被动,从而意识不到,学习是为了自己,不是为了父母,长此以往,就会缺乏自驱力。

自驱力,是一种综合心理概念。

自驱力,也就是做事的动力。

研究动机发展的学者曾提出"自我决定"理论。他们认为,通过三个方面可以增强一个人的内在动机。

第一,胜任感。做自己喜欢的事情,并且有过

> 出圈：成为一个有趣的人

成功的经验。

第二，自主感。自己有决定权，能自己探索，自己选择自己想做的事情。

第三，联结感。与另外的人形成亲密的信任关系，因此能够大胆去做。

张旭从未系统总结过他的育儿经验，但他用亲身实践验证了学者"自我决定"理论的准确性。他在女儿成长过程中，一直为女儿创造了一个开放、信任的环境，一直给她灌注不作无谓比较的价值观，一直鼓励她去努力、去追求、去实践、去体验。

有目标、有自驱力的人，学习上会更主动，工作上会更敬业，会从内心深处将学习将工作视为责任，把学习、把工作当作自己的事，愿意善始善终、全心全意去做好。

我叫我女儿"小张老师"，9月10日教师节，我还给她发了一个红包，对她说"好好工作"。

女儿是浙江师范大学研究生毕业，学的是音乐教育专业，

第二章 要好玩，先丰富自己

一毕业，就进入杭州长江实验小学担任音乐老师，同时还是四年级一个班的班主任。

音乐老师做班主任还是蛮少的。但我觉得，以后副科老师做班主任会是一种趋势。主科老师精力有限，管成绩，批作业，教研，备课，已经很累了。副科老师，像我女儿，教音乐，弹钢琴，她有更多的空余时间关注每一个学生。其实班主任更多是提供服务，为学生服务。她对我说，她倒不怕当班主任又苦又累又烦心，而是怕自己不能胜任这个工作。所以我对她说，那你就要更加用心、专心和劳心，你做了班主任以后，虽然会消耗更多精力，但对个人锻炼，对个人成长来说，是非常有帮助的。

她是个自我驱动力很强的人，没有任何人要求她做什么，她会主动去做，按照自己的想法，将事情做得非常细致。例如做家访，她会提前一天，一家一家，把所有要走的路线全部先走一遍，这样第二天正式家访时，就不会耽搁时间。

对于一个刚刚踏上工作岗位的人来说，能想到这一点，还挺不容易的。

我常对人夸奖，我女儿的自我驱动力还蛮可以的，这点跟我像，有天性。然后我女儿就说："好的反正都像你。"我

出圈：成为一个有趣的人

笑她:"你要是个子高一点就好了。"她说:"你都说我像你了,像你这样,能高到哪里去?"

她还真挺像我的。她有这样的心态,我很放心。

某天,女儿给我发信息说她在爷爷那边,在看爷爷,然后告诉我爷爷现在血氧饱和度是多少,人的状态怎么样。我从来没对她说过,你应该或者你什么时候去看看爷爷,她都是主动地自己去医院陪陪爷爷。对于这一点,我非常欣慰。

其实我们家是一个离异家庭,在她读小学五年级的时候,我和她妈妈离婚了。但是我们很民主,我们事先征求她的意见。她很淡然:既然你们觉得不合适在一起了,那就分开吧。她尊重我们的选择。

很庆幸,在她的人生成长过程中,我们的离异,没有对她造成什么不好的影响,没有给她留下特别深的阴影。

她是个独立自主的女孩,内心强大,能看得开。这点真的像我。

她大多数时间跟着妈妈,作为父亲,我对她还是有所亏欠的。但她似乎并未受影响,无论和我,还是和她爷爷奶奶,都保持着亲密联系。

有人问,如何培养孩子的自驱力和独立能力?

第二章 要好玩，先丰富自己

我不否认，有很多东西，确实是天生的，没有任何解释说得清。但是父母对孩子有没有善意的引导，有没有正确价值观的灌输，也起着非常关键的作用。

像对我女儿，在生活细节上，我管得很少，但在几个大的选择上，我会给她指出方向，日常也会不断给她灌输一些正能量的观念。

观念很重要。

人生中的一次次大考，包括中考、高考、去国外留学，我除了给她提出方向性建议外，更多时候，我给她灌输观念：要享受努力的过程，你只要努力了就行，哪怕达不到理想的目标，我们也不去比较。

我从来不去比较，不会对她说，别人家的小孩怎么样，你又怎么样。

这样的比较没有意义。家长对孩子说，你看，人家学习成绩这么好，你为什么考不好？反过头来，孩子也可以对家长说，谁家爸爸是领导，谁家妈妈是教育家，你看人家爸爸多好，人家妈妈多厉害，人家多有出息，你怎么还在这里干着？

能比吗？

你把自己的孩子跟人家孩子比较，孩子也可以拿你去比

出圈：成为一个有趣的人

较别人家的父母。

这样的比较是不健康的。

所以我对我女儿说，不要比较，千万不能比较，一比较心态就不好了，心态不好，整个人的状态也不会好。

爱你的孩子，就要让她活出自我。

女儿看望爷爷

和女儿一起参加文化沙龙

谈专注：一心一意只做一件事

1万小时定律，你肯定不会陌生。

作家格拉德威尔认为："人们眼中的天才之所以卓越非凡，并非天资超人一等，而是付出了持续不断的努力。1万小时的锤炼是任何人从平凡变成世界级大师的必要条件。"

你想在某一领域取得显著成功，其秘诀在于长达1万个小时的练习与坚持。但是这1万小时，不是简单机械性的重复，而是1万小时的专注。在1万小时中，集中精力，全神贯注，不被其他杂事分心。如果这1万小时，你是心不在焉的，那么花费再多时间都是徒劳。

但往往在实际中，我们极易受到外界干扰，例如，手机微信的一条推送，或是周围的声音、气味，都能让你从专注的事情中退出，去应付眼前的另一件事情，甚至干脆处于思想的神游状态。当你回过神来，你不得不重新开始，但时间已然流逝而去，而你的效率始终低下。

其实当你真正专注时，你会忘记时间、忘记饥饿，听不见四周干扰的声音，你只专注在自己的世界里。

稻盛和夫在总结其人生经验时，提出了"六项精进"。其中第一条便是："付出不亚于任何人的努力。"全身心投入工作，精益求精，从中获得乐趣，就能抑制怠惰之心。同时，聚精会神，专注于工作，私心杂念自然就会消退。这是最有效的修行。

专注力是可以训练的，张旭总结出一种对他人专注和对自己专注的训练方式。

对他人专注，是指通过对他人的长情，通过人

出圈:成为一个有趣的人

与人之间不断的磨合,去感受专注的魅力;抄经和禅修,是提升自我专注力最好也是最容易实现的路径。

专注力越好,学习也会更好,训练专注力,不妨先从张旭提倡的这两个方法开始。

专注,可以分为对他人的专注和对自己的专注。

我对伙伴,是非常专注的,如果在某件事上我认准了这个人,我就不太会选择其他人。这也是为何我和我的伙伴,都能由最初的合作关系变成后来亲密的朋友关系。

例如给我写歌的花道,我的每一首单曲的词曲都是和他合作的,双方经过了磨合,沟通起来没有障碍、没有隔阂。最关键的是,他懂我,了解我,知道每一首歌我想表达什么。写歌,我有固定的创作人花道;拍照,我有固定的摄影师张群云;理发,我有固定的理发师大卫;甚至是推拿,我也有固定的推拿师。我的推拿师傅已经给我推拿了十多年。当我专注于一个人的时候,我会一直跟着他。我的推拿师自己不是老板,所以他可能这几年在这家店,过几年去了另外一家店。他在哪里,我就跟到哪里,一直跟着他走。

第二章 要好玩，先丰富自己

再打个比方，如果将来我还要出第二本书，我会继续选择我现在合作的这个团队。彼此信任，彼此专注，才会做得更好。如果像遥控器一样频繁换台，过多的选择，最后耗费的时间与精力也将更多。

为什么要专注一个人，为什么每次选择他，其实是为你节约出更多时间。

现在的人，选择有太多，不能专心致志，心静不下来，反而容易迷失自己，最终失去方向。

无论是专注一个人，还是专注一件事，心无杂念，目标方能明确，所以，专注的人，关系会更加融洽，专注的事，可以更加高效。

我经常说，说是一种享受，听是一种能力。会听，也是对他人专注的一种表现。

听的人，并不比说的人轻松多少。从小到大，无论在学校还是公司里，要花很多时间倾听。

在学校我们很容易发现，同一个老师上课，同样的教学内容，班上不同孩子最终接受到的内容、最终理解到的信息是不同的。一心一意、全神贯注地倾听，会更能理解对方的想法，更能抓住谈话的核心；心不在焉地听，大脑无法聚焦，

出圈：成为一个有趣的人

接收到的知识点必然是破碎的、断裂的，长此以往，你的理解力只会越来越差。

因此，我们需要提高自我专注力。

我们在旭东书院举办抄经活动，在宁波象山等慈禅寺住持正原法师和上虞永元寺住持文澈法师的指导下，收摄身心，沐手抄经。抄经是一件殊胜庄严的事，抄写经文前有特定的仪式：沐手，敬香，入定。这是必不可少的准备。

抄经是一种形式，这种形式可以帮助你快速进入专注的状态。在一系列仪式和礼仪下，你会有庄严感，你明确地感知到，自己正参与这个活动。旭东书院很多学员通过抄经，实现了专注力的提高。

抄经时，只专注于书写，一撇一捺中，通过笔与纸的接触、心与手的协调，由身动至心静。全程止语、屏息诸念，通过不断重复，熟悉一种正确的用心方法，达到排除一切杂念的目的。

只做眼前事，更容易发现事物的本质和真谛，更能发现无处不在的欢喜自在。

包括禅修，我们讲吃饭时吃饭、睡觉时睡觉、喝茶时喝茶，其实讲的就是专注。

第二章 要好玩，先丰富自己

杭州旭东书院新年抄经祈福活动

在工作中也是一样，销售的做好销售，生产的做好生产；做企业也是，你是制造什么产品的，就一门心思做好你的产品，当你把所有力量集中在你专注的领域，往往能取得意想不到的收获。

专注和跨界并不冲突。跨界不是心猿意马，更不是三心二意，跨界是指在每一个领域，都能投入专心，让你更好地内观，当你心无杂念、浑然忘我的时候，就能在你专注的领域学到精髓，从而发现一个真实的自己。

谈选择：当下的选择，就是最好的选择

我发现，那些活得通透、个性鲜明的人身上，总会带有一些坚定的信念。张旭就是如此。

无论工作还是生活，他始终秉持着自己的信念，且非常坚决，当作信仰般存在。

他的信念是：

一是不后悔。无论成功或失败，都不后悔，无论做什么选择，他都认为当下的选择就是最好的选择。

第二章 要好玩，先丰富自己

二是要始终明白自己想要的是什么、喜欢的是什么、不喜欢的是什么。只有自己才最懂自己，保持真实，不要违心，人才活得有方向，才活得舒心。

尊重内心里每一个真实的声音，尊重人生里的每一次选择。

选择当下的生活。

所有的选择都在当下。面向未来，你在当下做的选择就是最好的选择。就像我选择结婚，选择离婚，在当时那个阶段，都是面向未来最好的选择。

既然选择了，就不要后悔。有些东西是命中注定的，抱着这样的心态，你会更珍惜当下的生活。就如同佛学里讲的"随缘"，随缘不是说随波逐流，而是做事时竭尽全力，结果随缘无求、无怨无悔。

对于一些选择困难症者来说，选择是非常困难的，看看这边，看看那边，到底选择哪个，无从下手。如何克服选择困难？最重要的是积极做好正面心理暗示，不断暗示自己并坚信，当下你做的任何选择，无论对错，都值得你坚持，不

出圈：成为一个有趣的人

用顾虑，也不用回过头来后悔。

因为当下的选择，就是最好的选择。

选择做真实的自己。

展示真实的自己，哪怕缺点，也不必害怕，你就是你，你不是别人，你的一切，铸就真实的你，所以保持真实最重要。

很多人习惯把自己包裹得很紧，不愿意把很多东西袒露在别人面前。其实无论是好还是不好，都是生活本来的样子。

保持真实、真性情，才能活得舒心。

选择简单。

例如食物，像我这个年龄段，对美食的喜好基本是定型了，我喜欢吃的是哪几样，不喜欢吃的是哪几样，已经不需要再去试错，不需要再去磨合，越简单反倒越健康。

当我们知道自己要什么，知道哪些东西是自己不要的，这时候选择就简单了。你无须消耗太多的时间、财力去作选择，也不会因为选择而耗费很多无谓的精力。

选择简单，其实并不简单，因为人总有贪心，开始的时候觉得自己什么都想要，这也是年轻时候的心态。

每个人对不同东西的看法不一样，每个人对不同东西的需求也不一样。我觉得年轻人可以有更多的选择，但最重要

第二章　要好玩，先丰富自己

的是清楚自己要什么。

无论你作出什么选择，经历什么抉择，都会发现，看遍人生风景，依然简单是真。要选择自己想要的生活。

人的心态很重要，有些东西不用想得太复杂，我想要什么，想做什么，明确了，就不要在乎别人的眼光。如果老是在乎人家怎么看，活得多累啊！

我的内心相对比较强大，我不和别人比较，只和自己比。

我最早开的车子是马自达6，蓝色的，这辆车我已经开了八九年，朋友对我说，你该换辆车了。我说，开得好好的，为什么要换车呢？后来又有人跟我说，你该换辆车了。我问，为什么？他说，这辆马6跟你的身份不匹配。

我什么身份？为什么不匹配？我一直认为车子仅仅是代步工具。这辆车又没什么问题，我觉得蛮好的。他们认为车子是身份的象征，是形象的象征。当然这也没错。其实我并不经常开车，车子不是我特别喜欢的东西，过得去就可以。所以后来即便换车，也是因为一个朋友在4S店工作，新店开张，在他那儿买车能优惠几万元，关键是还能算他业绩，而且我对那辆车也是一见钟情，所以才换了一辆新车。如果没有这些原因，到现在我还会开着我的马6。

出圈：成为一个有趣的人

再比如说我做旭东书院，在小区一楼买了一套房子，房子不住人，设计成一个书院。人家不理解，开书院赚钱吗？不赚钱，你为什么还要开？还不如把房子租出去，收租金更实惠。

别人不理解，那也没错，每个人的想法不一样，我不在乎，我坚定我要什么，只要我自己想得明白，只要自己玩得开心就好。

生活不是活给别人看的，生活是为了活出自我。

人也因选择而不同，因热爱而不同。但不管何种选择，当下就是最好的。

谈分享：独乐乐不如众乐乐

"授人以鱼，不如授人以渔"，这句话是说送给对方一条鱼，不如教会对方捕鱼的方法。授人以鱼，对方得到的只是一条鱼，解决的是一时之急；授人以渔，对方得到的是捕鱼的方法，解决的是一生之需。

目前网络上涌现出很多网红，我们称他们为KOL，也就是关键意见领袖。他们往往拥有大量粉丝，拥有一定的话语权。他们的成功，是因为他们

出圈：成为一个有趣的人

在某一领域持续不断地分享，分享美食、分享育儿、分享旅行、分享美妆、分享阅读，他们将自己的方法、经验、知识分享出去，从而获得信任和拥戴。

张旭喜欢分享，他认为分享不是强加，他推动的是相互分享，是资源的流动，是大家的共同参与。

分享是一种让彼此共同强大的方法，不管你分享的是快乐还是痛苦，分享的是成功还是失败。分享既是输入，又是输出。你从别人的分享中，学到知识，获得经验；你在"授人以渔"的时候，获得了支持和尊重。

分享的过程，也是自我总结、自我剖析的过程，在分享中，你的表达能力、沟通能力也在无形中得到锻炼。

分享，可以帮助大家寻求归属感；分享，让彼此不再感到孤单。

分享的魅力在于，它能使快乐变大，使悲伤变小。

张旭喜欢把自己觉得好的、感觉快乐的东西分享给别人。所谓"独乐乐不如众乐乐"，分享，让人获得双倍快乐。

第二章　要好玩，先丰富自己

很多事情的价值在于分享，如果不分享，它就失去了一半意义，比如说音乐，比如说文学，比如说思想。

我是喜欢交流、喜欢分享的一个人，旭东书院每次抄经活动，我都会设置一个分享环节，选个主题，大家都去讲一讲，例如对当前社会现象的理解，对自身生活经历的感悟或者对某些事物的困惑。

写书亦是如此。写书是对自己人生的一场回顾，也是对人生感悟的一种分享。我愿意将自己的经历，累积下来的一些小小心得，写下来，分享出去，写下的这些感悟、经历，没有对与错，没有好与坏，如果能对他人有所启发，如果有人从中获得参考或者借鉴，那我也算做了一件善事。

传播思想，放空自己，在分享的过程中，我也得到了快乐，而且是更大的一种快乐。

除了相互分享思想，我们还能相互共享资源。我推动成立房联产业创新研修院、中国房地产与门窗幕墙产业合作联盟，其实就是资源的共享。当一个人发展到一定阶段时，手中就能累积一定的资源、人脉和渠道，我想要让整个行业来共享，推动行业进步发展，行业好了，企业也就能活得更好。行业前辈苏州市建筑金属结构协会总顾问潘元元曾说，张旭

出圈：成为一个有趣的人

最大的功绩，就是把中国房地产业协会、中国建筑装饰协会、中国建筑金属结构协会这三个国家一级协会的平台资源和服务功能整合起来，这是他想做但没有做成的事，现在张旭做成了。所以，我现在自身的转型也慢慢地实现从服务一个企业到服务一个行业的升级，也正是这样一个身份转变，促使我去做了研修院、联盟和书院，从而实现了资源的流动和共享。

因为喜爱分享，我接触到了更广泛的领域和各种不同的朋友，包括正原法师、曹景行老师、余少群、王晰等，当我发现不同领域可以带来不一样的美好享受，我就会分享给大家，让大家一起来体验，一起来尝试。

我喜欢分享生活美学，因为美的东西大家都喜欢。

有时我们一个的小小分享，联结起来的却是深厚的情谊。

每到年底，之江公司都会准备一批年货礼盒，年货很丰富，全部是吃的，民以食为天嘛，有黄酒、山核桃肉、花生米、酱鸭、香肠、九曲红梅，都是杭州本地特产。我们将这样的年货礼盒分享给我们的客户，已经坚持了十五六年，它已成为我们之江公司的一种文化。

这种分享，颇有仪式感，到年底，成了一种期盼。其实这些食物，他们自己也能买到，但是年年不间断地分享，已成为一种习惯，就像一个老朋友时常惦记着你。分享的东西不在于多少，而在于这份情，我还想着你，我还记着你，说明我是用心的。

很多东西是无形的，需要你去感悟和体会，更需要你的坚持。我不喜欢很生硬的合作模式，又有原则，又讲感情，这样的交往和合作才会长久。好的合作是很愉快的、是互利互惠的，不是强求。大家资源共享，互相帮助，当他帮不了你的时候肯定有自己的难处，不要勉强，因为不强求是所有合作的基础。

分享是一种自发、自愿的行为，是不求回报的，将你最宝贵的人生经验传播出去，将你的资源分享出去，将你的快乐传递出去，给更多的人带来快乐，让世界变得更加美好，这就是分享的魅力。

谈孤独：孤独是用来享受的

你是否发现，不知从何时起，自己早已被手机"绑架"，当你试图获得一些独处空间，享受片刻悠闲，当你舒服坐入沙发的那一刻，你本能地又从口袋里掏出手机，再一次重新投进互联网的社交。

你从未真正的"独处"过。

托尔斯泰说："在交往中，人面对的是部分和人群，而在独处时，人面对的是整体和万物之源。"

我们通常看重一个人的表达能力、交际能力，

第二章　要好玩，先丰富自己

但往往忽视一个人的独处能力。

好的独处让我们得以从烦琐的日常中抽离开来，好似人生一段短暂的间隔期，哪怕这样的独处时间仅仅是一根烟的时间、一段瑜伽的时间、一次阅读的时间，或者仅仅是坐在窗前，看一次日升日落。独处不是空无一人，将自己放置一个无人打扰的空间，而是精神上的独处，是精神上独自思考的空间，并在独处中感受到贴近自然与宇宙、贴近内心的孤独感。

孤独和寂寞不一样。寂寞会发慌，孤独则是饱满的、有力量的。

张旭说："学会与孤独为伴，人才会不断反省自己，发现自己。反省其实就是思考。孤独是思考存在的土壤，人在思考中才能清除障碍，沉淀优势，明确方向，获得持续成长。"

孤独就像在内心打开一扇门，门里有一片自我构建的独一无二的精神世界。

遗憾的是，这扇门，很多人都未曾推开过。

出圈：成为一个有趣的人

孤独是用来享受的。

一个人的时候，你想干吗就干吗，很自由，当一个人身心都自由时，那就是自在。对，我就想做一个自在的男人。

孤独是一个人的狂欢，狂欢不过是一群人的孤独。

只有自己最懂自己，自己最了解自己，自己知道自己想活成什么样，因此，只有独自生活在自己想要的状态中才最圆满。

我觉得孤独是一种非常舒适和舒心的状态。

我喜欢热闹，但我也喜欢孤独。人有两面性，热闹的时候，我能玩，孤独的时候，我喜欢一个人独处、一个人思考。

如果一个人没有经历孤独的时刻，他就不会有反省，也不会有获得。

晚上一个人看书也好，听音乐也好，我觉得这时的自己是不受外界打扰的，真正融入在读书和音乐里，那种感觉蛮享受的，这时候你的心是打开的，因为只有心开，才会开心。

虽然是独处，其实内心里没有任何寂寞感，反倒非常充实。我很喜欢蒋勋老师，他在《孤独六讲》里写："孤独的核心价值是——跟自己在一起。没有与自己独处的经验，不会懂得和别人相处。相反地，一个在外面如无头苍蝇乱闯的生命，最怕孤独。"

　　孤独是思维的开始，孤独是饱满的，我们应该珍惜孤独，享受孤独，只有孤独的时候，个体才得以有机会和天地大自然对话，和自己的心灵对话，让内心得以自知并自信，所以，孤独是丰富饱满的。

　　能享受孤独的人，肯定是有理想的人。

　　人要在孤独中学会成长。

谈伙伴：少了伙伴的支持，就如同少了翅膀的鸟儿

张旭更爱用"伙伴""朋友"称呼"客户"，他认为，和客户打交道，要尊重客户，信任客户，把客户当作伙伴，当作朋友，要有同理心，这样客户也会信任你，甚至从你的角度考虑双方长远利益。对于合作，张旭也从不强求，所谓强扭的瓜不甜，只有双方互相理解，彼此信任，各种合作才能顺利推进。

第二章 要好玩，先丰富自己

没有一个人能够独自成功。张旭在事业上的各种成就，正是因为他的朋友，他的伙伴，从各个方面给予他支持与帮助。

松浦弥太郎在《创造人生的伙伴》一书中说："少了伙伴的支持，就如同少了翅膀的鸟儿，再怎么振翅都无法遨游天际。伙伴是你之后展翅高飞不可或缺的关键。"

伙伴，如同你的羽翼，你需要像爱护自己羽翼一样爱护你的伙伴。

拥有伙伴陪伴的人，他的人生之路必将走得更加稳健和精彩。

在之江公司，我最初是从销售开始做起的，销售是跟人打交道的工作，如何跟人打交道？首先做人一定要正，德行一定要正，这样的销售才会让客户放心。其次是沟通，跟人打交道的能力其实就是沟通能力，沟通能力最重要的一点就是换位思考，设身处地为对方着想。

做销售，我有个理念：我不是来卖产品的，我是来帮你

出圈：成为一个有趣的人

解决问题的。

我跟客户打交道，我会想，客户需要什么？我能帮到客户什么？因为生意一定是互相的、是各有所需的、是互利互惠的，我不是从客户身上去索取什么东西，而是要让客户觉得我这个产品是在帮他们解决问题，并且我是来帮助他们解决这些问题的人，带着这样的心态去跟别人合作，感觉会完全不一样，成功率反倒更高了。任何的合作都是共赢的、是互相促进的。合作精神也是利他精神，只要是利他的，双方的合作才是愉快的、长久的，这才是真正的合作。

通过这种合作精神，无论项目难易，都是真实有效的，而且彼此间会产生一种亲切感。

我们谈合作，要本着利他精神，很多时候，我们都是在互相帮助，别人有困难时，你扶一把，你有困难时，别人也会来拉你一把。这个道理很简单，你的伙伴、你的朋友，都是你的人脉，你的人脉多了，资源就多了，当你碰到一些问题的时候，当你需要找个人商量的时候，当你需要有人帮你的时候，有这么多伙伴在，就不是什么事了。

2020年转型升级高峰论坛，我们就遇到一个意外状况。所有议程我们都已安排妥当，迎接第二天的论坛。结果前一

第二章 要好玩，先丰富自己

天晚上，我接到一个电话，主讲嘉宾本来要从法国飞过来，因为突发痛风来不了了！第二天论坛就要开始了，他是主讲嘉宾，却突然来不了了，议程最重要的一项内容就是听他演讲。

怎么办？我人在广州，到哪里以最快速度找到替换人员？这突发事件让我有点措手不及，我唯有一遍遍告诉自己："先不要着急，想一想，在广州或者广州周边有没有对等嘉宾可以替代，或者更换其他议题。"

后来我联系了一位凤凰卫视的朋友，叫李猛，他是曹景行老师的经纪人，他说："大哥不要着急，你千万不要着急，这种事情我们经纪人会碰到很多，我帮你想一想，而且一定会有办法的，你相信我。"

在那种焦急如焚的状况下，他不断安抚我，也给了我一种暗示，让我放心下来。后来他马上给我回了电话，说可以让凤凰卫视的资深评论员杜平先生来讲。

真是太巧了，杜教授刚刚在香港做完访谈，晚上就能赶到广州。

我说太好了！杜教授讲的是中美关系，这个话题很契合时机，大家也愿意听，他也是凤凰卫视的资深评论员，我一遍遍地感谢："真是太好了！"

出圈：成为一个有趣的人

我相信好人有好报。你平时要多做好事、多帮别人，冥冥之中也就会有朋友来帮你，任何东西都是有回报的。

经历了这一次小插曲，我跟凤凰卫视杜平成了好朋友。因为我始终把自己的合作伙伴当作朋友来对待，本着利他精神来相处，所以我每做一次活动，就能跟他们交上朋友。包括"低音王子"王晰，我跟他是在一个行业庆典上通过吕薇介绍认识的，最后成了好哥们；还有余少群，是我北京一个圈子里的朋友介绍的，后来我们也成了交心的好朋友。

央视的胡双导演曾经跟我聊过，他说旭哥的朋友圈，是真朋友，质量高，价值高。我认为，朋友在一起，趣味相投，坦诚相待，觉得开心就好。

任何的相遇只是一个契机，只要向对方付出利他真心，彼此就能成为真朋友。

谈利他：以美好之心成人之美

稻盛和夫说，回顾迄今为止八十多载的人生，追忆超过半个世纪的经营者生涯，他最想要告诉大家最想留在这个世上的经验，只有一个，那就是"一切成功都归结于利他之心"。

利他，就是"有利于他人"，先人后己，尽自己所能做一些关爱对方的事情。所谓"勿以善小而不为，勿以恶小而为之"，再小的善举也是利他。

利他的本质很简单，不求回报的给予，才是交

出圈：成为一个有趣的人

到真心朋友的法门。

稻盛先生在他的畅销书《心》中写道："当我们拥有帮助一切事物向着更好的方向前进的愿望，拥有帮助他人获得幸福的美好心灵时，就与'宇宙之心'产生了协调和共鸣，就能自然而然地将事物导向更好的方向。"

他认为，以利他为动机发起的行动，比起无此动机的行为，成功的概率更高，有时甚至会产生远超预期的惊人成果。

张旭做了很多利他之事，他始终站在对方角度，为对方着想。例如，在歌手王晞还未成名阶段，张旭就为他张罗原创歌曲，因为他觉得王晞的声音是独一无二的，坚信他一定能火；他悄悄地为北漂的摄影师送了一台单反相机，后来，这个摄影师真的成了知名时尚摄影大师；当张嘉佑拍《长安诺》，精神和身体受着双重压力时，张旭如师长般地给他鼓励，开导他，帮助他解决一些实际困难，并安慰他说："有我在。"……

张旭的利他，是希望对方能在自己擅长的领域，

第二章 要好玩,先丰富自己

投入时间,投入意识,投入能量,希望他们能保有那份喜欢,能在自己擅长的事情上大显身手,能将那份执着坚持下去,而不是在现实面前埋没自己。

张旭很能看到、欣赏到别人的好,并且愿意成就对方。这也是为什么总有很多人愿意一直跟随着他。

他说:"能给大家带去帮助,那是最好的。其实在利他的过程中,我也得到了快乐,可能是更大的一种满足。"

他很享受这样的过程。

当我们以美好的利他之心为他人倾注力量时,幸福感同时降临了。

利他,就是给人欢喜、给人方便、给人信心、给人愉悦。

人与人相遇本是缘分,人生说长也长,说短也短,人生在世,不能白做一回人,活着,就要让自己的人生更加精彩一些。

利他,也是让人生变精彩的一部分;利他的同时,还能获得成就感和价值感。

出圈：成为一个有趣的人

利他并不是一件多有"高度"的事，利他很单纯，就是它能给我们带来喜悦和快乐。我很享受这样的过程，就像品尝美食，就像聆听音乐，我们在帮助他人的过程中，感受到快乐，感觉到享受，就够了。

打个比方，如果在地铁上遇到一位老年人，你主动站起来将座位让给他，虽然站着会有点累，但你全程会感觉很舒心、很开心，因为你做了一件好事。那种愉悦，无法用语言表达。

好事不分大小，你可以尝试一下，哪怕你扶了一个人，帮陌生人提了下东西，这种细微之事，也会让你有种愉悦之感。

当我们做这些善意的小事时，我们并不会去考虑这样做对自己有什么好处，完全是自然而然、自发愿意去做的。当这成为一种习惯时，这个世界将会更加美好。

就像旭东书院组织禅修，我贴了很多钱进去，我觉得，如果能有更多人体验禅修，通过禅修改变、提升自己，那就是有意义的事，哪怕贴钱我也要去做，并且坚持去做。这样的活动，不仅为书院，也为我带来了价值感，这种"价值感"是无法用钱去衡量的。禅修过程中，我也不断将利他观念分

第二章　要好玩，先丰富自己

享给别人，当我们能够帮助到别人，那种快乐，是真快乐。

我的摄影师朋友张群云，非常爱好摄影，当时他想去北京发展，还没有一台专业的相机，于是我买了一台相机给他。摄影是他的爱好，也是他的特长，一个人要做自己喜欢的事情才有意思。我常想，怎么帮助他才能发挥他的特长、保护他的才华？送一台相机，不过是我力所能及的一点小帮助。

最近我又在思考我的助理小蒋未来的发展。有很多企业想要小蒋，开的条件也很好，有一家企业高管和我说想要挖走小蒋，我肯定地告诉他："你挖不走的！"这么多年，我知道小蒋要的是什么，他做事踏实，文采也好，虽然工作辛苦，但他乐在其中，他喜欢这样的工作。当然若是将来有更好的平台可以更好地发挥他的才能，我也会倍感欣慰。

利他是要为对方好，解对方之难。

2020年年初，突如其来的一场新冠肺炎疫情，让全国陷入"一罩难求"的状况。旭东书院第一时间联系了书院的合作伙伴——日本协和通商株式会社的于洋先生，为我们在日本采购了一批口罩。在经历了航班停运的漫长等待之后，这批口罩终于顺利送抵书院。3月4日，口罩一到，我们

出圈：成为一个有趣的人

立马联系了杭州萧山拱秀社区，向社区的孤寡老人送去口罩。这是在全国"抗疫"过程中，我们所做的一点力所能及的事儿。

其实不仅我们，身边很多人都在默默做着好事，捐助学校，捐赠衣物。我的老朋友徐琴大姐，是杭州市"爱心妈

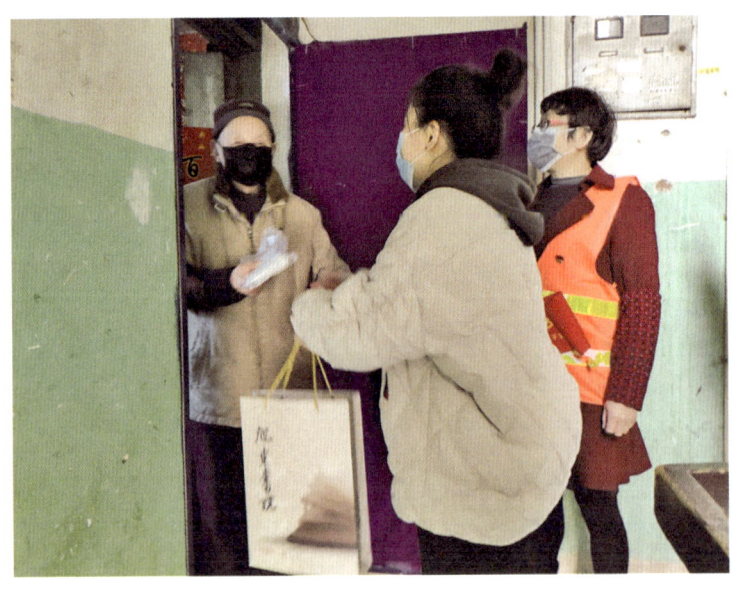

新冠肺炎疫情期间，杭州旭东书院为萧山拱秀社区的孤寡老人送口罩

妈",也是之江公司资深优秀代理商,她儿子幼年时因意外导致智力缺陷,她自己出钱办了一所特殊学校,取名"弯湾托管中心"。她理解有这么一个孩子,家长有多痛苦,她办起了"弯湾小超市""弯湾洗车行",希望这些孩子们能为社会做些力所能及的事,也能体现他们自身的价值,为智障群体树立榜样。我觉得这样的爱心太伟大了。有次我在行业年会上讲了这个故事,大家满含热泪、深受感动。

利他,是一件自然而朴实的事情,是心甘情愿、真心真意的事情。只要你享受这个过程就好了。其实我们每个人都一样,当你帮助到别人的时候,那种快乐、那种成就、那种充实、那种价值感,可以为我们的人生增添无穷无尽的力量。

谈感恩：让工作更加美好的智慧

"感恩"二字，最重要的是"感"，没有"感"，就会漠视很多"恩"，包括父母的养育之恩、朋友的关爱之恩、师长的教导之恩、领导的培养之恩、企业的平台之恩、时代的机遇之恩。

其实，生活中点点滴滴的小事，我们都要学会感恩。

没有感恩之心的人，看不到生活的温暖和美好，何其悲哀。

第二章 要好玩,先丰富自己

> 有了感恩之心,你不再觉得理所应当,当机会来临,你会觉得来之不易,因而积极去争取,努力去实现。机会永远给予那些有准备的人。

感恩是一种积极的心态,也是一种工作的智慧。

感谢这个伟大的时代,给了我们很多的可能、机会、机遇,很多想象空间、创造空间、发展空间。一个企业能做好,需要多方面的赋能,特别是营商环境,我们浙江杭州萧山的营商环境就很不错。有当地政府相关职能部门的支持,我们才能大胆创新、快速发展。

我也非常感恩我的企业,是企业给了我一个自由发挥的平台,一个让我快速成长、不断进步的平台,一个让我拥有更多可能性的平台。企业赋予你身份,正是你的企业身份,你才能认识这么多行业内外的人,也正是你的企业身份,才可以站在这样一个平台上,去策划、去组织、去参与各种活动,去发挥你的才能。我们跟企业经历一起成长、共同进步、互相成就的过程。你成就了我,我成就了你。

能遇到一个赏识你的老板特别重要,哪怕你再有才能,

出圈：成为一个有趣的人

但没有伯乐，也很难成事。我跟随我的老板何永富25年，如果他不赏识我，不信任我，不让我有自由空间，哪怕我再有才干，也很难发挥。

再是，还要有一个配合你、执行力强的团队，如果我身边没有一群同甘共苦的伙伴，我一个人是没办法做成这样多的事情的。

所以我觉得，在发挥自己才能的同时，一个赏识你的老板，一个跟你紧密配合、认同你的团队，是至关重要的。

在我成长的过程中，我真的要感恩，感恩我的朋友们，行业内和行业外的朋友们。每个朋友都给过我各种不同的力量、各种不同的智慧。在我眼里，每个朋友都是精英、都是良师益友，我们因为各种各样的机缘走到一起。比如说行业老领导马挺贵先生，曾经是中国建筑工程总公司总经理，享受的是副部级待遇，后来担任过中国建筑装饰协会会长，他既是行业老前辈、老领导，更是我的行业导师，在政策导读能力和市场研判能力上，他给了我很多思想层面的开导和引领。

一个行业的发展，很多时候是跟企业家思想息息相关的，当时他提出每年举办行业领军企业家的活动沙龙。他认为国企也好，民企也好，企业家们的思想是推动行业创新发展的

第二章　要好玩，先丰富自己

宝贵财富。他把这些领军企业家们召集起来，通过这些领军企业家的思想交流，引导行业高质量的发展。

领军企业家沙龙在行业内引起了很大反响，现已成为行业发展的晴雨表。我后来做的访谈节目《拉开旭幕》，就是受马会长的影响而创立的，都是为了促进企业家的思想碰撞，给行业注入更多新的能量。

马会长是一个行业导师级的人物，他永远以大局为重，在行业高速发展阶段提出了更高要求，特别是我们门窗幕墙行业，他发出了从幕墙大国向幕墙强国发展的呼唤。我从他身上感受到了他对行业发展的坚定信心，他讲行业自信，讲理念创新，他强调：思想强，行业才会强。

他在这方面给予我很多启发，我和他就像忘年交一样，每到北京，我都会到马会长家里去拜访、去学习。他为人平易近人，对年轻一代的培养颇为用心，除了讲行业的发展，他还会跟我讲体育，马会长80多岁了，精神饱满，仍坚持体育锻炼。

无论企业还是个人，思想强，行动力强，才能实现国家强。

再是姚兵先生，曾任住建部总工程师、中纪委驻住建部纪检组组长，后来还担任过中国建筑金属结构协会的会长，

出圈：成为一个有趣的人

也是副部级的领导。他对我的评价很高，说我是行业的社会活动家。社会活动家，其实就是一个资源整合者。

姚会长带领我们一起成立了莫干山联盟，他担任莫干山联盟的名誉主席，我被推选为莫干山联盟的秘书长。联盟召集了门窗幕墙配套件的头部企业，进行上下游对接，共享资源，打通产业链渠道，并在联盟每年举办的行业转型发展高峰论坛上宣传推广，每届论坛姚会长都会出席指导，并作总结发言。

姚会长还是个作家，他出过三部小说，笔名姚立发。其中有一本叫《广厦万象》，是一部传奇且精彩的建筑业小说，描述了当今建筑业的人事变迁和发展创新，肯定了建筑业在人类生活中的地位和作用，刻画了建筑业里一批个性鲜明的企业家形象。其情节起伏，人物密集，是我们建筑业发展历程的生动记录。

马会长和姚会长给予我诸多指导和启发，我觉得自己是一个非常幸运的人，能得到这么多能量的加持。还有曹景行老师，给予我思考的力量；正原法师，给予我智慧的力量，使各种力量聚集。当你心怀感恩，当你心怀回报，这些力量就能像水一样流动起来，从而获得无穷无尽的能量。

第二章　要好玩，先丰富自己

很多时候，遇见本身就值得感恩。感恩不是说一定要有什么结果，而是一种心态和状态，当你怀着感恩的心面对你的工作，你会发现一切都美好起来了，也更易获得幸福和快乐。

马挺贵会长为张旭颁发"行业文化交流促进贡献奖"

谈仪式感：认真对待生活，就会被生活认真对待

《三字经》中有云："为人子，方少时。亲师友，习礼仪。"这里的"礼仪"指的就是礼貌和仪式。

无论是东方的君子，还是西方的绅士，他们都注重自我修养，注重待人之道，他们讲究穿衣得体、说话得体、仪态得体，他们的用餐、待客、接物都会遵循一系列礼仪，他们文质彬彬、谦虚有礼，受到人们的尊重和敬爱。

第二章 要好玩，先丰富自己

正是这些充满仪式感的举止、行为，体现出个人风尚品格，体现出文化传承，唤起我们对美的追求、对生活的热爱。

我们很多传统节日仍保留仪式感，如春节穿新衣、贴春联、发红包、吃年夜饭，中秋赏月、吃月饼，生日许愿吹蜡烛，或者是吃一碗加了鸡蛋的长寿面，仪式感让平淡的日子变得不一样，变得更值得纪念。

当你充满仪式感地对待生活，会发现生活如此美好，每一天都可以是丰富多彩的。充满仪式感的人，整个人会焕发出不一样的神采，从而去感染周边的人更加热爱生活。

生活的样子，取决于我们对生活的态度。充满仪式感的生活，哪怕身处闹市，也能有诗和远方。

佛教的仪式感、形式感是很强的，无论是上早课还是吃饭、坐禅，都有一套既定的礼仪和规定，有这样的仪式，才会有庄严感。

出圈: 成为一个有趣的人

在中国古代,待人接物都是要讲究礼仪的。客人来了,要到门口相迎,相见要行拱手礼,也就是要拱手作揖,表示对他人的尊重。我国自古是"礼仪之邦",谈吐要礼貌,着装要得体,待客要有道。客人到了屋里,要准备好吃的、喝的,泡上茶叶,茶喝一半,要及时添水。客人走了,还要相送,一直送到门口。

这些生活的仪式和细节,体现的是你的用心,用心即真诚,说明了你对对方是很在乎的,是有情谊的。这就是我们传统文化的精髓之一。

首先,生活需要仪式感。

仪式感,就是将我们日常生活赋予具体的行动和意义。仪式感,体现的是尊重和尊严。尊重,是对他人的尊重;尊严,是让自己有尊严。

就像我们的阅兵仪式,为什么要阅兵?阅兵是扬国威、展国力的重要形式之一,振奋人心的阅兵仪式可以树立民族自信心,可以让国人感到更加自豪。

旭东书院组织过一次观影会,大家一起看《我和我的祖国》。我把一些朋友召集起来,还让他们都带上小朋友。等大家都到了电影院,我给每人发了一面红旗。影片结束以后,

第二章　要好玩，先丰富自己

我们还留下来一起唱了一首《我和我的祖国》。孩子们手里拿着国旗和我们一起挥舞着，一起合唱着，并在合影时高喊"中国，我爱你"！我又一次忍不住热泪盈眶。

这就是集体观影的意义所在。这种仪式感给我们的冲击力是很大的，它让我们懂得自豪、懂得珍惜、懂得团结、懂得奋斗，更懂得前进！

在我去过40多个国家后，我觉得中国是最安全的，虽然外界对于我们国家有着各种各样的声音，但我觉得能够生长在这么安定的一个社会、这么安定的一个国家里，是值得自豪的，是应当珍惜的。

其次，工作需要仪式感。

仪式感说明我对这件事情很在意，重视程度很高，对整件事情的投入度很足。有了这些之后，事情的完成度、完美度就高了，也更易收获尊重、尊严和自豪。

仪式感，对个人是有一定要求的。我参加任何活动，都很注重自己的仪表。上次我们组织的"一根针穿引东西方的优雅"文化交流活动，虽然是在夏天，我还是穿着西装，打着领结出席。

"一根针线穿引东西方的优雅"文化交流活动，主题是绅

出圈：成为一个有趣的人

装与旗袍的生活美学。绅装和旗袍都是优雅的语言，一个讲述西方经典，另一个表达东方韵味。两者相遇，有说不尽的玄妙。当时邀请来的嘉宾，一个是定制绅装的，另一个是研究旗袍的，还有水墨画艺术家高泉强老师和歌唱家吕薇老师。

旗袍老师为大家分享了旗袍的传统文化。现代旗袍的历史不过100多年，旗袍将传统裁剪和现代审美融合，展现了韵味十足的东方文化。

在场的每个人都分享了对旗袍的理解，对绅装的理解，对现代东西方文化碰撞的理解。女士穿着旗袍，男士穿着绅装，大家围坐着认真聆听，那种感觉，有种老上海的复古味道。

我们就是要营造这样一种氛围，当你在这样的环境里面，优雅自然而来就来了。这就是仪式感带给我们的东西。

出席不同的活动，我会搭配不同的服装。有一次主持论坛，我穿的西装其实很普通，但搭配了一条亮色领带。亮色领带让人很"亮眼"。朋友对我说："这个活动你最抢眼了！"主持要做的就是吸引观众注意，带动观众情绪。服饰搭配的精心与亮眼也是主持的仪式感。

还有，读书也需要仪式感。

读书的时候，我会点上香，播放音乐，很轻的禅音让我

第二章 要好玩，先丰富自己

新中国成立 70 周年，杭州旭东书院组织观影会——《我和我的祖国》

觉得我的灵魂是开放的，思维是开放的，我能很快进入读书的状态里，这时我的吸收能力也会特别强。

认真对待生活，就会被生活认真对待。

Chapter
03

出圈
成为一个有趣的人

第三章
世界越玩越大

> 人到一定程度是越玩越小,包括圈子也是越来越小,不是说脑子装得越多,一个人就越丰富,一定要把无用的知识从头脑当中排挤出去。有尺度的天地在于视野。

——郑 强

李敖:热爱生活的李敖,会玩才是真本事

2018年3月18日上午10点59分,李敖因病在台北荣民总医院去世,享年83岁。

消息传来,震惊之余,一时惘然。

2020年的3月18日,"文化无处不在,碰撞有来有往",新一期的《拉开旭幕》照旧在这样的开场白中开始。

这一天是李敖去世两周年,张旭在他的《拉开旭幕》做了一期李敖专题,他说:"两年前听到这个

第三章　世界越玩越大

消息时,我非常惊讶,我是那么喜欢李敖先生的嬉笑怒骂,仿佛他从未老去。今天是李先生两周年祭,在此回忆与先生的点滴以此为念……"

2013年,张旭和曹景行到台北拜访过李敖。李敖的一生,追随者、反对者参半。张旭做这期李敖专题,是希望能让更多的人认识到真实的李敖。

李敖嬉笑怒骂、自恋狂放,曾说过"我生平有两大遗憾,一是我无法找到像李敖这样精彩的人做我的朋友,二是无法坐到台下去听李敖的精彩演说";他著作等身,写过《北京的法源寺》《李敖有话说》等100多本著作,却说"著作等身不稀罕,禁书等身才厉害";他曾因发表言论抨击当政者二度被捕入狱;他一生坚持"自由民主、中国统一"。他始终如一位强者、一名侠客,不惧怕惊涛骇浪,高高立于风口浪尖。有人将李敖比作孙悟空或唐·吉诃德,他却说自己是屈原,但绝对不做抱石沉江的屈原,他要做战斗的屈原。

李敖三十岁时介绍自己:吉林省扶余县人,祖籍山东省潍县,远籍云南省,1935年生于哈尔滨。在北平读小学和初一(没念完),又在台中读初二到

出圈：成为一个有趣的人

高三（没念完），又在台北读台大法学院（没念完），又读文学研究所（没念完）。喜欢买书、抽烟、看电影、看女人（有时候不止于"看"）。面目，平凡；特征，没有；脾气，欠佳。喜说笑话。

外界人眼里的李敖，红夹克、白衬衫、红领带，一副蓝黑色墨镜，孤傲、自负、坦荡、自由、玩乐，是个"老顽童"。

亲自拜访过李敖之后，张旭对李敖有了一个不一样的认识：李敖为人坦荡，率真率性；幽默健谈，自信开放；关心后生小辈，充满耐心；心态年轻，爱书如命。

嬉笑怒骂，生活皆是玩乐。李敖，是个可爱真实之人。

要像李敖先生一样，活出自己的精彩。

2013年6月2日，台北已进入夏季。

这日的行程，我很久以前就开始盼望，甚至有些紧张兴奋。上午我将跟老朋友曹景行一起去拜访台湾著名学者、时事批评家、作家、历史学家、诗人——李敖。

过去我是从媒体中、书中认识李敖,到了李敖家,我印象最深的不是李敖本人,而是李敖的书。

满屋子的书,到处都是,特别震撼,特别惊讶!

更让人惊叹的是,李敖先生说他同时在写十几本书,直到现在我都觉得不可思议。

曹景行向李敖介绍:"张旭是杭州人。"

"你比马云帅多了!"李敖笑道。

大家都笑了起来,一下子拉近距离。78岁的李敖,幽默健谈,热情开放。谈话间,李敖站起来,拉着我直接走进卫生间,给我看他收藏许久的一幅画——一张裸体女人画。

他说:"你看这幅画,从这个角度看,是这样的形态和美感,从另一个角度看,又有另一种形态和美感。不同角度,不同的美。"他像欣赏一件艺术品一样欣赏着一幅裸女画。

我当时脑海中跳出四个字:率真,可爱。他的心态非常年轻,也非常真实,他太有趣了。其实,他的那种真实,才是最单纯的可爱。

李敖的卫生间也别有洞天,马桶边有个小隔间,里面全都是书,一本本堆着,齐齐整整,大概是找不出第二个人能

出圈：成为一个有趣的人

把卫生间也改造成书房。

李敖还半开玩笑地对我说："你们浙江的企业多、经济效益好，把我的书房估个价，让你们浙江的企业把它收购了吧。"

李敖对浙江的经济、浙江的企业颇为关注，寄予了很高期望。

聊得投缘，李敖特别送了我两本书《大江大海骗了你》《虚拟的十七岁》，并亲笔题字称我"张旭老弟"。

我不仅被李敖的学识折服，更是钦佩他天生的幽默感，这种幽默感恰恰是我们稀缺的特质。

中午，我说邀请曹景行老师和李敖先生共进午餐，李敖又开玩笑："既然你请客，我找个好点的餐厅，就到上次马英九请我吃饭的那个餐厅吧。"

三个人站在路边打出租车，上车后，李敖同司机亲切交谈，就像邻居一样，俨然一位平易近人的长者。到了餐厅，他却点了最便宜的套餐，说年纪大了，吃不了那么多，别浪费。

午饭间，又遇到插曲，南投地震了，餐桌也因震感不停晃动。我不由紧张起来，曹景行和李敖两位大师却依然泰然处之、谈笑风生。李敖像长辈、像家长一样安慰我:"地震在台湾是家常便饭,不用害怕。"

这么一位内心善良的老人,和荧幕上那个言辞犀利的形象完全不一样。虽然第一次见面,却让人没有任何拘束感。

2013 年拜访李敖先生

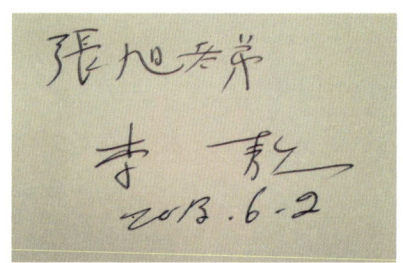

李敖先生的亲笔题词

李敖卫生间里的小书房

曹景行：读书，让你成为更好的自己

满头银发的曹景行，不仅学识渊博，才思敏捷，身形也自如矫健。他年轻时服从分配，下乡到安徽黄山一个山区农场，条件非常艰苦，要种水稻，要学着农民的样子犁地，在这种情况下，曹景行依然坚持白天干活晚上读书。在当时的社会环境中，能读的书不多，有什么读什么，完全发自一种对知识的渴求与热爱。凭借着大量阅读和知识积累，1978年，在恢复高考的第二年，曹景行就从黄山茶林场

出圈：成为一个有趣的人

考到上海复旦大学。

考入上海复旦大学前，曹景行在农场待了十年，但正是他对阅读的热爱以及从不懈怠的读书习惯，让他在高考恢复时顺利考入满意的学校。

后来，曹景行来到香港从事新闻工作，任《亚洲周刊》副总编兼《明报》主笔，50岁后在凤凰卫视办电视时评栏目，收视率惊人，还为电视台赚取了几亿元的广告费，成为一名资深新闻媒体人。

曹景行无论处于人生什么阶段，最大的习惯就是阅读，他每天至少阅读8小时。

曹景行的阅读习惯也影响着张旭。

阅读对一个人的影响是潜移默化的，它能改变一个人的气质，能开阔思维，能丰富人生，甚至能为你带来成功。

曹景行老师1947年出生于上海，祖籍在浙江。曹老师的全球视野、政治视野非常广，平日里却是一个很平和的人，没有一点架子。李敖就是他引见给我的。那次台湾之行,我跟曹老师住在一个房间,我说:"曹老师不好意思,因为人多,要两人拼一间了。"他却笑着说:"希望我不要打扰到你。"

原来曹老师每天有个习惯,早上起来会买很多报纸,当时网络还不发达,他就坐在客厅读报,读当天最早的一批报纸。当时我们的房间带有一个单独的客厅,他就坐在客厅里看报纸,一张、一张,看完就扔一旁,沙发边全都是报纸。这个一堆报纸围着曹老师的画面深深地定格在我的记忆里。

小蒋也给他买过报纸,2014年他在广州主持我们的论坛,那天早上,小蒋把周边能买到的各类报纸都给他买了一份。广州人起得晚,八点左右许多报刊亭还没有开门呢。拿到报纸,曹老师就开始看报,和在台湾时一样,看完一份,"啪"的一下,放在一边,然后继续看下一份,沙发边全是报纸。

曹老师说:"我每天起来的第一件事就是看新闻。"他的学习方式就是大量阅读,每天阅读的时间不低于8小时。陈鲁豫评价曹老师时说,他每天要看二十多份报纸。除了看书看报,他现在还上网阅读。曹老师的阅读量非常惊人。

大量阅读,就是知识积累的一个过程。

如果你加了他微信,你可能会忍不住屏蔽他。因为他真

出圈：成为一个有趣的人

的在刷屏，他一天发朋友圈的数量可能是一般人一年的数量，上百条，刷不到头的。所以连他老伴儿也会说，加上他，你可能会把他屏蔽，因为你受不了啊。

他也不说话，他只转发。他的信息来源很多，他是在大量吸收并传递这些资讯。

我和曹老师还一起去过黄山。我们一起去拍片、一起去摄影。曹老师也喜欢拍照，他在微博上做了一系列《老曹闲话黄山》的短视频节目。

黄山是曹老师以前知青下乡插队的地方。高中毕业后，他们那代人就开始上山下乡了，他在安徽黄山茶林场待了十年，他把黄山作为他的第二故乡。

在《老曹闲话黄山》里，他回忆了很多在黄山茶林场的故事。1969年7月皖南连降暴雨，5日清晨山洪暴发，很远的地方就能听到隆隆水声，二十多岁的曹老师还是第一次见到山洪，没想到的是，那次洪水冲走了他们十一位队友。人在自然面前真是非常渺小。曹老师还讲下乡时没有东西吃，每天老母鸡下一个鸡蛋，就是他爱人怀孕期间最珍贵的营养品……

我跟曹老师深度合作是在2013年9月，我策划行业转型发展高峰论坛，论坛最后有一个访谈环节，我邀请曹老师来

第三章 世界越玩越大

做访谈主持人。

为什么要请曹老师来做我们行业论坛的访谈主持人？曹老师是资深媒体人，更是一个思想者，不仅他的提问能发现事物的本质，从而提高论坛的含金量，而且借助曹老师的影响力，让我们比较专业的行业，走进社会公众，让更多的人来关注我们，也倒逼我们行业在发展过程中更多地思考终端客户的需求。

曹老师做企业家访谈时，他的提问很有深度，他代表消费者，向我们门窗公司的老总、幕墙公司的老总、材料企业的老总提问。一般在购房时，很多人不太关注门窗的质量和作用，曹老师的提问，能让更多的消费者在买房子的时候了解什么是好的门窗、什么是节能门窗、门窗的性能和功能在哪里，以及这个门窗是不是绿色环保。

通过这次深度合作，我跟曹老师成了忘年之交。我们会不定期聚会，有时候他做节目，我也会跟着一起去。曹老师如同我的导师，给予我很多思路。作为资深媒体人，他的观点、他的眼光是很犀利的，同样看问题，有时候我们只关注表象，但他会从深层次分析，他会引导我去发现问题的本质，或者用什么样的思考维度或者思考方式看待问题。

出圈：成为一个有趣的人

我相信，你跟什么样的人在一起，你也会成为什么样的人。跟着曹老师，我希望能成为更好的自己。

最近一次和曹老师联系，我请他帮我校正我新书中关于他的章节，并相约等他身体好转些，到上海"聪菜馆"和聪哥一起欢聚共叙。

但所有对未来的期许都在2022年2月11号这天戛然而止了。得知曹老师离世时，我正在给母亲办理转院手续，突然收到曹老师离世的消息，人像挨了一记闷棍，彻底懵了。多方求证之后，才不得不接受曹老师永远离开的事实。当曹老师的弟子，也是我的好朋友李猛发微信给我说，曹老师生前还老念叨我时，我一下子控制不住，泪如雨下，心疼不已。

从来没有听曹老师说过他累了，所以这可能就是他和我们告别的方式——永远乐观向上，当他潇洒转身的时候，就头也不回地大步流星而去。你叫他，他也没有回头。

曹老师，您一路走好！

和曹景行老师合作主持行业论坛

吕薇：故乡是心中永远的白月光

　　吕薇是中国人民解放军海军政治部歌舞团的歌唱演员，曾获"海军十大杰出青年"称号，是我国著名歌唱家、国家一级演员，1994年，参加第六届全国青年歌手电视大奖赛荣获民族唱法二等奖；2001—2002年，连续两年参加中国广播文艺奖全国听众喜爱的歌手"金号奖"比赛，荣获民族唱法"十佳歌手奖"；2015年，又获全国德艺双馨艺术家称号；2019年，由宁波市演艺集团、宁波交响乐团

第三章　世界越玩越大

共同创排的民族歌剧《呦呦鹿鸣》，获得全国第十五届精神文明建设"五个一工程"奖，也是获奖作品中的唯一一部歌剧，吕薇在其中出演屠呦呦。

吕薇是江南女子，出生在杭州萧山湘湖畔，她柳眉弯弯、笑眼弯弯，有着江南女孩的古典优雅和秀丽温婉，她的歌声不含杂质，如湘湖之水，清透流动，又如西湖龙井的茶，余味绵绵。

我找出吕薇很早以前推出的一张专辑《江南故事》，她用优美的嗓音演绎出江南的诗情画意和灵秀之美。

你不妨听一听她的《人间天堂》，轻灵纯净，歌声里有苏堤翠柳、有平湖秋月、有西子情长魂牵梦绕；或者再听听她的《忆故园》，悠扬婉转，歌声中有青山坳江河源、有夕阳袅袅接云端、有切不断的乡音萦耳畔。

吕薇是有江南情结的，也是有家乡情结的，就像张旭说的："吕薇心中有着非常浓厚的家乡情怀，她对家乡有很深的感情。"

江南好山好水，孕育了好儿好女，我从张旭的讲述中，听到了江南的好儿好女对家乡的情意绵长。

出圈：成为一个有趣的人

吕薇是江南民歌的代表人物，我们都是萧山人，很早就认识了。因为我小时候在劲松小学，她在体育路小学，我们在学校的文艺汇演中认识，从此便熟悉了。

2006年杭州之江公司成立10周年，同时获得"中国名牌"的荣誉，我们在北京饭店举办庆典活动。之江公司是杭州萧山的企业，董事长何永富也是萧山人，既然在北京举办，我想到了当时在北京的萧山籍歌唱家吕薇老师，我们希望在这个庆典上，不仅有萧山的企业名人，还有萧山的文化名人。

我马上跟吕老师联系，希望她能出席这次庆典活动，为家乡的企业站台。因为之前人家就相互熟悉，又是老乡，她二话没说就答应了。

有了这次合作，后来之江公司的每一次庆典活动都邀请她来参加。为了表达对家乡企业的情感，她在舞台上总会说："我是之江的老朋友，也是之江的名誉员工。"她为人真诚、德艺双馨，为我们这些家乡企业的品牌建设，给予了大力支持。

她心中有着非常浓厚的家乡情怀，总想为家乡的文化建设注入自己的力量。所以在2009年我们一起策划了一场吕薇个人演唱会《江南故事》，在萧山歌剧院举办。

萧山政府和当地企业界的朋友们也非常支持，家乡人民更是满心欢喜，大家觉得吕薇是家乡的骄傲、是家乡的文化名片，更是家乡文化自信的代表，因此我们一定要将这场演唱会办好。演唱会上，吕薇还把她的好朋友毛宁、白雪请来做演唱嘉宾，更是请来了金铁霖、马秋华、马建华等音乐前辈，那场演唱会在萧山引起了巨大反响。

后来我们继续跟吕薇老师合作，希望通过她的影响力以及文化内涵，把更多文化元素带入萧山，并在萧山湘湖边成立吕薇工作室和湘湖文化书院。

湘湖，风景秀丽，被誉为西湖的"姐妹湖"，特别是跨湖桥文化遗址，更是国家级文物保护单位。湘湖是萧山人的后花园，是我们平日休闲度假、品尝美食、旅游锻炼的好去处。湘湖需要注入更多文化力量、精神财富，从而树立自己独特的文化标签。湘湖边不仅要有农家菜带来的味觉的享受，也要有视觉、听觉的体验，所以需要引入更多的图书馆、美术馆、博物馆、音乐厅，把湘湖打造成一个文化艺术的集中地。这样的湘湖，不仅景美，更有文化气息。

萧山人无论走到哪里，听到最多的评价就是：萧山人很

出圈：成为一个有趣的人

有钱。这当然是对萧山经济发展的赞美，但作为土生土长的萧山人，我认为丰富、提高自身的文化品位同样重要。我们希望环绕着湘湖，导入更多的文化元素、更多的文化基因，吸引更多的文人墨客，讲好文化故事，坚定文化自信，潜移默化地熏陶萧山下一代年轻人，提升他们的文化理念，提高他们的文化格局，热爱自己的家乡，建设自己的家园。这真是非常有意义的事情。

与歌唱家吕薇同台演唱

王晰:用心做一件事情,是快乐的

相信你第一次听到王晰的歌声,就能过耳不忘。他的声音辨识度非常高,他是中国少有的男低音。那种天籁般的嗓音,充满魔力,富有磁性,如倾如诉,醇厚绵长。

是金子总是会发光的。正是王晰自身过硬的音乐素质,让他终于大放光彩。虽然此前,他也经历过艰辛、经历过坎坷、经历过他人看不见的付出与努力,但面对音乐,他始终满怀赤子之心,他的人,

出圈: 成为一个有趣的人

如同他的歌声一样,温柔而强大。

有时我会羡慕张旭,他怎么在那么早就发现了这个宝藏男孩,并看着他一步一步成长、一步一步进步,并一场接一场、一年接一年地开着个人巡回演唱会。

王晰曾对张旭说过:"用心做一件事情,是快乐的!"这或许就是他们俩的共通点。最快乐的并不单纯是事情的本身,而是在经历过、拥有过、失去过、体会过、坚持过、努力过,最终换来收获的那个过程!

如今王晰在业内知名度很高,张旭也为他感到开心,现在舞台上的璀璨发光,就是对过去付出努力的巨大回报。

每次看着舞台上的王晰,你都能感受到他正在享受音乐,并将音乐中的美好体验源源不断地传递给我们。

王晰是吕薇介绍我和他认识的,他和吕薇曾经都是海政

第三章 世界越玩越大

歌舞团的歌唱演员。有一次行业庆典活动,我们邀请吕薇老师作为演出嘉宾,当时还缺一位男歌手,我请吕薇帮忙介绍,她推荐了王晰。

就这样,王晰出现在了我们行业的庆典舞台上。后来旭东书院的首届文化论坛,我也邀请了王晰,他以音乐人的身份,给我们献上了一场题为《带着一颗好心去流浪》的音乐漫谈。

人和人的相遇就是缘分,那次活动结束后,我请他们一起吃宵夜,喝海鲜粥,聊得特别投缘。后来我去北京,大家也常相聚。最让我欣赏的是,王晰有着非常扎实的音乐基础,又是天生的男低音,是实力唱将。2011年,他获得过第八届中国音乐金钟奖流行音乐大赛男子组金奖;2013年,他又获得第十五届全国青年歌手电视大奖赛流行唱法总冠军。这些都是中国音乐界顶端的高质量奖项,他的音乐才华令人刮目相看。

王晰也参加过很多电视节目,湖南卫视《我是歌手》,浙江卫视《天赐的声音》,还有央视的各类节目。特别是湖南卫视的《声入人心》,王晰以他独特的、穿透人心的嗓音,让人过耳不忘,给观众留下了非常深刻的印象,从此他名声大振。

出圈：成为一个有趣的人

特别是签约乐华后，公司更是力捧，王晰的知名度更上一层楼。

王晰是一个特别优秀的歌手，他一路走来，并非顺风顺水。我们最初认识的时候，他知名度还不太高，但他对音乐的热爱和坚持让我颇为感动，当时他没有自己的原创作品，于是我就帮他张罗，希望他能有一首属于自己的歌。他说："旭哥，真的是谢谢你。"我们没有任何利益上的关联，我对他说："旭哥相信你，你必须要有自己的作品，这样才和你的才华相匹配。"

只因为我欣赏的是这个人，以及这个人对音乐的态度和他扎实的唱功，这样的人，应该珍惜。

他跟很多流量明星不一样，他觉得，他要做的就是用心把歌唱好，至于怎么样去经营、运作，他不懂，也不会。他是一个非常纯粹的音乐人。纯音乐之路不好走，能够一直走下去不容易。正是因为他历练过、努力过、坚持过，直到现在，他仍在坚持。这样的状态，我觉得才是最好的。

王晰有"低音炮"之称，很多人都痴迷于他的声音，但对于选歌或者商演，他有自己的选择和追求，不合适的场合或者歌曲，他都会放弃。他有自己的价值理念，这也是我所

第三章 世界越玩越大

佩服的。他认为,音乐是人们美好生活的组成部分之一。他的音乐从来没有脱离过听众,他为人民歌唱,他用歌声让大家感受到美,感受到生活的美好。

他也在不断学习,学习更多的知识、技能,包括他为了唱好英语歌,主动学习英语,专门请英语老师来上课。前一阵子,我把蒋勋老师的书推荐给他,他很认真地读完了蒋勋老师的书。

看着他一路成长起来,我们彼此成了非常要好的朋友,他将我当作大哥,我们一起喝茶,一起旅行,一起谈心,一起分享,一起感受世间美好,一起传递正能量。有时候他碰到一些问题,也会来跟我沟通探讨,我比他年长,生活上的经历和感悟,我会多一些,社会上的历练,我也会多一些,在这些方面我能给他一些引导和建议,我们互相鼓励、共同进步。我们之间无论有什么事都会沟通交流分享,不用担心对与错。不经意的一句话、一句开导,可能就帮助对方找到了想要的答案。

这样的友情,尤其是两个男人间的友谊,对彼此来说都非常难能可贵,是真金不换的。

我作为家人,出席了他在北京的婚礼,他新买的住宅,

出圈：成为一个有趣的人

我也一起参与规划设计，甚至是材料的选用，也一起商议。在他人生的重要时刻，我希望能在他的身旁，一起分享、感受他的快乐和幸福。他的首场个唱在珠海，我也专程赶了过去，我希望能在现场为他加油、帮他打气、给他一些力量，一些支持的力量，安心的力量。

2019年他的个人巡回演唱会杭州站，我带我女儿也去了现场。那是端午节期间，演唱会结束后，我发了一条微信，我说："音乐魅力无限，好好珍惜，好好珍晰。"珍惜的"惜"，用了他名字中王晰的"晰"。他说："用心做一件事情，是快乐的！"我说："谢谢你也把这份快乐传递给了我们。"他的歌声，是有情感的，是沁入人心的，也是能传递快乐的。

2020年11月，他的巡回演唱会再次来到了杭州，我又去了。我又发了微信，说："晰，杭州是你的发声之处、发福之地。好好珍惜，好好珍晰。""福"是福气的福。他希望我继续到他北京、广州的演唱会现场。我说，必须的，旭哥时刻在你身边。他说，这话比啥都强。

因为相互欣赏，所以深度融洽。

我们彼此都坚信：用心做一件事情，是快乐的！

参加歌手王晰的婚礼

余少群：戏如人生，人生如戏，他就是那戏里人

陌上人如玉，公子世无双。学戏的人，自有不一样的气质，举手投足，满身才气，一颦一笑，眉目有情。金星对他说，你一口汉剧、一口越剧，那是祖师爷赏饭吃的，不是每个人都能这样站在舞台上。

大幕一拉开，灯光一照亮，他往那儿一站，就是一段人生，就是一出戏。

他，就是演员余少群。

第三章　世界越玩越大

彬彬有礼,温文尔雅,他低调、勤奋,从来不张扬。但在内心里,他一直有股劲儿,从小就明白自己喜欢的是什么、想要的是什么,并懂得去争取、去坚守。

就像5岁那年,跟着奶奶听戏,被那个甩长袖、耍花腔、铿铿锵锵打着锣的舞台吸引,从此走入少年宫,开始了学戏生涯。

就像13岁那年,为了进入武汉汉剧团,不顾家人反对向同学借钱去报名。当戏曲老师一句"你太高了,你再长下去,谁能和你搭戏呀",他每天练功,拿砖头吊膝盖,在青春成长期坚决不吃鸡蛋、鱼汤、骨头汤等含钙食物,硬生生将身高控制了下来。

就像24岁那年,因为红楼情结,因为越剧中有他要的那种美的艺术形式,他决定转学越剧,来到上海,来到杭州,参加"红楼梦中人"选拔,获得上海赛区"宝玉组"前五强。

就像26岁那年,第一次去陈凯歌《梅兰芳》剧组面试,他并不知道自己将要面试的是什么角色,只是在临走前,坚定地对导演说了句:"导演,你是

出圈:成为一个有趣的人

不是要选和唱戏有关的角色?你选我吧,不会错。"于是拿下少年梅兰芳一角。

看上去文气少语的他,内心却有看不见的强大力量。

是的,选他就没错!

余少群曾说过一段话,让我印象深刻,他说:"我不是那种八面玲珑的人,在北京有很多朋友,可能是对自己有帮助的朋友,组局说少群你出来啊,那种场合去了一次之后,我就觉得自己特别傻,坐在那儿,喝酒,听别人聊天,自己不是那里面的人。我更喜欢自己在家里,写字、喝茶、弹弹古琴,这种才是自己的生活。他们说,你再这样下去,你就完蛋了!我说为什么呢?他说,你这样封闭自己,你不主动结交别人,机会是不可能给你的,现在新生代一拨一拨出来,你怎么办?"

他很真实,他很敞亮,他看得清现实,但他依然以自己的方式努力着、前行着。

只有在戏曲、在传统文化的世界里,他最感自在,那是属于他的世界,有铁马金戈,有鲜衣怒马,

第三章　世界越玩越大

有纸短情长，有淡泊安宁。

　　谦谦君子，他从戏中走来。戏如人生，人生如戏。他就是那戏里人。

　　我认识余少群的时候，他还很年轻，刚拍完电影《梅兰芳》。他是一个越剧演员，2005年，在上海越剧院学习越剧，2006年，进入浙江越剧团学习，还举办了个人越剧专场演出。

　　2007年，他在陈凯歌导演的《梅兰芳》电影中饰演少年梅兰芳一角。演得特别好，他有戏曲功底，长得又清秀，有柔性之美，彩妆一上，我对他说："你就是戏中人。"

　　《梅兰芳》放映时，由于他还没有签约公司，自然得不到很多推广资源。他是有担忧的，问我："旭哥，你觉得这部戏能火吗？"我说："少群，你现在考虑这个问题没有意义。你已经用心把这部戏演好，那就够了。"

　　没想到，《梅兰芳》上映后，他的表演得到了很高的评价。他入戏，演得传神，饰演的少年梅兰芳韵味十足，他连续拿到金马奖、华表奖、亚洲电影节最佳新人奖等多个奖项。

　　签约公司后，他接了很多的戏，《隋唐英雄》《钱塘传

出圈:成为一个有趣的人

奇》……当然,其中也有他自己不想演的角色。他说:"旭哥,我没得选择,公司签了,我只能演。"

几年以后,他的知名度慢慢起来了。有一天,他打电话给我说:"旭哥,我现在可以选择喜欢的角色了。"

邀请演员余少群参加行业活动

他很开心,自己有选择权了。回想刚刚入行的时候,他作为公司的签约艺人,只能遵守商业运营规则。

这就是成长的历程。

娱乐圈毕竟是一个比较复杂的圈子,很多事情是圈外人接触不到、想象不到的。由于工作的特殊性,圈内相对比较单一、闭塞,有时候大家都把自己裹得紧紧的,很难交到真朋友,戏里戏外是不一致的。

他是性情中人,有时会受不了,甚至觉得有点抑郁。

一边是功名,一边是自由,有时候,的确很难选择,但了解自己,懂得自己想要什么,坚守本心,就会有方向,就会有动力,就会活出自我、活出精彩。

我们经常喝茶聊天,现在他已经放下很多,甚至是轻松自如,因为他明白人生总是有所取舍。他经历过高峰、经历过曲折,也经历过矛盾,但是有一点,他对戏曲、对拍戏的热爱,一直没断过,并且他一直在努力、在学习、在做更多的尝试。

张群云：做自己喜欢做的事是幸福的

　　张群云的摄影作品有一种超现实的美感，色彩与光影，静态与动感，经典与时尚，既严谨内敛，又大胆创新，每一张照片都饱含情绪、富有内涵、具有大师级的视觉张力。

　　张群云一直用作品说话，他在摄影创作上的想象力以及独特的视觉风格，让他广受好评与青睐，不仅与《时尚芭莎》《时尚先生》《服装时报》《环球生活》《风尚周报》等主流市场媒体合作，还为众多明星拍摄过个人宣传照,包括斯琴高娃、黄晓明、郭富城、莫文蔚、金喜善、佘诗曼、黄景瑜、王晰、吕良伟、杨澜、张也、朱迅、张靓颖、赵文瑄、李艾、余少群等。

张旭说:"张群云热爱摄影。"

因为热爱,所以乐在其中,只要对自己喜欢的事一心一意投入,就能获得巨大回报。

诺贝尔生理学或医学奖获得者、美国药理学家吉尔曼说:"回想我的经历,我最想告诉孩子的是,你要做什么事情必须首先喜欢它,在做的过程中一定要感到快乐,这样的事情才值得去做。"

其实你不难发现,那些从事自己喜欢的职业的人更易获得满足和成功。

人的一生,能做自己喜欢做的事情,那是莫大的欢兴。只有你喜欢并愿意坚持做的事,才能充分发挥你的天赋。

我认识张群云的时候,他还是一名"北漂"。张群云是浙江衢州人,他小时候喜欢画画,大学毕业后做的是设计师。

出圈：成为一个有趣的人

摄影是他自学的，因为设计工作中的一些广告素材需要自己拍摄，于是他边拍边学。艺术方面的天赋，加上他善于观察，摄影方面的天分逐渐展现。

刚开始他给身边的朋友拍。他对画面的构图、光影的捕捉，以及人物性格的挖掘，有自己独特的风格，朋友们非常喜欢，他也高兴。能为朋友定格这些画面，留住这些美好瞬间，是件有满足感也有成就感的事情，于是他从一个设计师转行成了摄影师。我的三张个人音乐专辑封面，都是张群云给我拍的。

只要坚持自己喜欢做的事，就一定能获得成功。

和张群云交往，你能感受到他对摄影的执着，加上他在摄影方面展现的天赋，浑身都能散发出前行的能量，那种能量感染了我，在他人生奋斗的初闯阶段，我精心准备，送他一台相机作为支持和鼓励。

做自己喜欢的事，有热情才会有激情。

张群云用他优秀的作品，让越来越多人看到、认识到，并欣赏到他。

他不仅帮我设计造型、搭配着装，而且观察细微，善于挖掘我的特性，能懂我，他知道我要什么样的状态，他知道这些照片我要用在哪里，加上他的专业水准，我们又彼此熟悉，所以大家能在很放松的状态下，拍出感觉来，拍出我想要的效果来。

我的杭州南宋御街思磨（Thinking More）咖啡馆开业的时候，他过来捧场，而且拍了很多我在思磨（Thinking More）咖啡馆的照片，拍得很有味道。他以时尚、大气的风格见长，他的照片能表现人物性格特征，思磨咖啡馆有两层楼，他做到了人景合一，拍出了不同感觉。

他在北京的发展很迅速，2010年成立了自己的工作室，后来整合了自己的专业团队，现在是国内知名媒体和时尚机构的特约摄影师。

张群云说："摄影是我一辈子喜欢做的事情。"

能做自己喜欢做的事情是幸福的。

胡双:梦想在心中,前路不迷茫

胡双一直行走在路上,张旭也一直奔走在路上,他们都是不停走在路上的人,只有不断前进,才能不断进步,才能超越自我。

他们做任何事情,都喜欢先想清楚目的后再行动,他们合作《拉开旭幕》,两人方向一致:在建筑行业内做一档高水准、专业性强的访谈节目,对话这个时代的优秀企业家代表,弘扬企业家精神,促进行业高质量发展。

第三章　世界越玩越大

　　他们始终朝着高质量、高标准的方向去策划，最终做出了电视节目的水准。

　　但现实是，仍有许多人不清楚自己的方向在哪儿，不知道自己喜欢的是什么，不知道真正想要的是什么，忙忙碌碌，最终发现自己仍在原地踏步。

　　只要有目标，人生就有了方向，目标一旦设定，就不要犹豫，每天坚持不懈地朝着这个方向努力，不急不躁，不气不馁，只要每天努力一点点，就一定能抵达梦想的彼岸。

　　胡双是个不安分的人，小时候就梦想到电视台工作，他目标明确，一定要进最牛的电视台，最牛的电视台自然是中央电视台。

　　人还是需要一种渴望，需要为自己树立一个目标。有了目标，就有了前进的动力。胡双是我们杭州人，他19岁被保送浙江大学，填志愿的时候，三个志愿填了一模一样的广播电视新闻专业。20岁大二还没毕业，就在浙江电台音乐调频当主持人，是当时频道里最年轻的主持人，21岁到北京参加

出圈：成为一个有趣的人

《挑战主持人》，从此正式进驻北京。

梦想的力量，使得他获得前进的冲劲与勇气，也让他把所有的力量都专注于一个地方。现在胡双是央视的资深导演，他参与过春晚，是中央电视台《文化视点》制片人，也是中宣部、精神文明办《我们的节日》系列节目的制片人、总导演。

其实他可以选择一种安逸的生活，他的生活可以很稳妥，但他从没有停下来，也没有满足于现状。奔跑向前是本能，当他认定一件事后，就会一直往前走，如今他回炉再造，又去北京大学读了艺术学博士。

胡双是个非常有思想的人，他的博士论文厚厚一本，我对他说，博士论文完成后寄给我，我想要学习。这段时间，我都在读他的博士论文，他看问题有自己独特的见解，他对文化层面的理解也给我很多启发和思考。

《拉开旭幕》就是他亲自导演的，胡双的加入，让这个小小的访谈节目，做出了顶级水平。我们两人都坚守同一信念，要么不做，要么就做成精品。

我请胡双做《拉开旭幕》总导演，整个拍摄团队也是他帮我请的。顶尖的专业程度和策划水平将《拉开旭幕》的格调提升了很大一个档次,无论是访谈节目的定位、形式、内容、剪辑,还是方向,他都给了我很多建议。

他的关注点通常跟我们不一样,理解层次也跟我们不一样,正是这些不同才能诞生出优秀作品。

杭州旭东书院在浙江财经大学东方学院举办的第二届以"产教融合与文化创新"为主题的公益论坛,我邀请了胡双

邀请胡双导演参加"产教融合"文化论坛

出圈： 成为一个有趣的人

来分享，他做了一场题为《力》的演讲，分享了他的个人成长经历。

作为一个实实在在的北漂人，作为一个儿时梦想的坚守者，作为一个电视台里最年轻的制片人，他也曾有过挫折、有过失败、有过迷茫。

如何面对？

在斜杠力的时代，你的价值由自己决定，学会和自己相处，明白自己想要什么、不要什么，分阶段设定自己的目标，坚定信念，奔向前方，虽然路上会遇到挫折、遇到坎坷，也终能克服。

时间对每个人都是公平的，只要跟随自己内心节奏，没有什么是来不及的。

他说："梦想终会实现，一切皆有可能。"

奔跑吧，兄弟！

何永富：创业路上要定心，要有定力

　　杭州之江有机硅化工有限公司在何永富的带领下，历经25年，从一个只有20几人的小厂，一路发展，成为建筑门窗幕墙密封粘接领域的隐形冠军。

　　这是一个不太被人熟知的行业，但是在中国建设的大环境下，建筑行业得到了空前规模的发展。城市建设中，门窗和幕墙的体量增大，相应的配套件部品也快速增长。在改革开放初期，建筑密封胶市场基本被国外品牌垄断，由于密封胶关联着整个

出圈：成为一个有趣的人

建筑的安全性，因此国家相关部门也非常重视。在大力发展民族品牌的政策推动下，由原国家经贸委牵头的六部委进行综合管理，并在1999年发布生产及销售认定资格。杭州之江公司是首批获得认定的三家企业之一，如今杭州之江公司等国产密封胶品牌在建筑市场中已被广泛认可并大量使用。那些耳熟能详的地标工程和城市建设及城市更新的建筑群体中，基本上已是国产胶的天下，杭州之江公司等企业用自己的产品力、科技力、服务力，守护着建筑品质和城市安全。

创业是一个从无到有、从零到一的过程，何永富身上有着浙江民营企业家典型的特质：勤奋、务实、专注、创新。张旭不止一次说过，非常感恩何永富，正是何永富的信任和包容，以及开放的视野，才让他有现在这么一个自由发挥的平台。

人与企业相依相存，企业与时代相依相存，无论是企业还是时代的发展，最终依赖的是以人为本。

没有创业是轻松的，创业不忘初心，要有定力，唯有坚韧不拔地精耕细作、长期不懈地坚持，不被

第三章 世界越玩越大

轻易诱惑，找准方向，务实肯干，方能成功。

杭州之江有机硅化工有限公司最初属于国企，它是萧山进出口总公司旗下的一家实体企业，何永富是杭州之江公司的负责人。

杭州之江公司初建时只有20几人，生产车间设在萧山进出口公司的仓库里。我当时是进出口公司东山仓库的仓储员，和杭州之江公司是两个不同的部门。当时还处于杭州之江公司的创始阶段，何永富每天骑着自行车，早出晚归，没有充足资金，他把自己家里的钱先垫上，没有设备，他就想办法购买二手旧设备。起早摸黑，齐心协力，终于研制出了产品并通过国家机构的检测，当产品需要市场销售时，他找到了我。

就这样，我成了杭州之江公司第一批销售员，我们几个销售员划分好区域，带上样品，拿着产品说明书和检测报告，兵分几路，主动出击。出发前，何永富召集大家，一起在食堂喝酒壮行，他边喝边说："今天我给你们送行，明天，期待你们的好消息！"

出圈：成为一个有趣的人

现在回想起来，那时的情景依然令人心潮澎湃、激情昂扬。何永富是我们这个时代民营企业家的杰出代表。创业初期，所有的场地、人员、设备、资金、产品等资源都非常短缺，何永富凭借着自己的勤奋、努力、执着，以及他对这个行业准确的判断力，对企业稳健的经营能力，使之江公司从一个20几人的团队发展到现在拥有1000多名员工的大企业，并创造了二十多亿元的年销售业绩，成为行业的领军企业和产业的隐形冠军。

何永富是土生土长的萧山人，萧山企业家普遍节俭，何永富不仅对自己节俭，对孩子也教育有方。他女儿从美国留学回来，在国外考取了注册会计师证书，来到之江公司上班，也是非常节俭，从不铺张浪费、胡乱花销，做人做事也非常低调。

但何永富对企业的发展与投资，却有清晰的判断和果断的投资。在智能化和信息化方面，包括创建智能工厂、购买科研设备以及打造研发平台、培养优秀人才、创新工业体系各个方面，他一直重金投入。

他不仅紧跟时代发展，更是超前部署，从企业发展的角度来说，他是一个长期主义者，他做任何决策，都从企业的长远发展来规划,而不是只顾眼前短期效益。正因如此,使得我们之江公司始终在稳健中发展、在创新中发展,我们公司的愿景就是树起民族大旗,矢志成为密封胶领域的世界品牌。

何永富做会计师的从业经历,让他比一般的企业家更加严谨细致。他有很强的定心力,之江公司快速发展的历程,正值中国房地产业大发展时期,做房地产能快速积累财富,不少企业迈向了房地产,搞多元化发展,因为这个领域诱惑太大了,当时我们也有很多政府资源、银行资源,但他仍坚定信念,坚守自己的专长,坚守在制造业,坚守将传统制造业做精做强。

何永富始终专注于密封胶这一细分领域,但他也提倡多元化,我们的多元是在胶领域里面的产品多元化、细分化,包含建筑用胶、工业用胶。工业胶涉及的领域也非常广泛,汽车、轨道交通、照明、电子电器、光伏新能源等都可细分。

何永富经常说,我们企业理念对标的是德国的隐形冠军和日本的百年企业。一个企业具有工匠精神,才会发展得更加稳健。2020年我们虽然经历了一场突如其来的新冠肺炎疫

出圈：成为一个有趣的人

情，但我们产量仍增长了20%，销售额增长了16.5%。

我跟随何永富25年，也特别感恩何永富。遇到一个赏识你的老板、信任你的老板、一个能让你自由发挥的老板，是非常难能可贵的。

2017年，何永富请普华永道公司给我们管理层培训，在企业快速发展的同时，何永富希望推动公司管理层思想的创新变革。

当时，普华永道的老师问我的岗位职责是什么。我思考了一下回答："首先是整合公司管理资源，有效合理分配资源；其次，持续地完善企业的绩效考核体系；再次，督查落实工作计划和行动方案；最后，参与制定公司战略管理并塑造企业文化，这点特别重要，企业文化需要不停建设、导向和宣贯，从而形成凝聚力，推动企业长久发展。"

老师表扬了我，认为说得很到位。

何永富以身作则，他不仅有定心，更有定力，特别是凝聚力，就像我们的产品密封胶一样，将我们整个团队牢牢凝聚在一起。

杭州之江有机硅化工有限公司创始人何永富

樊淑玲：出圈，不是你出去了，而是别人进来了

樊淑玲跟张旭相识差不多有20年，两人在建筑行业工作多年，对行业有深厚的感情和热情，特别是对行业发展的理念和思路，观点一致，想法一致，是志同道合的知己。两个人会不定时地聚会，讨论对行业现象的看法，并且共同策划一些活动，来推进行业创新发展，为企业提供实实在在的服务。两人经常会碰撞出一些新的项目，无论立项、策划，还是实施，都

第三章 世界越玩越大

本着有利于行业的发展、有助于企业的需求的初心。

樊淑玲长期从事国际建筑工程承包业务与建筑装饰行业及协会的研究与管理工作，30余年里，历任中国建筑工程总公司海外部外事主管、中东地区与南非地区海外项目主管等职，现任北京市建筑装饰协会执行副会长兼秘书长、英国欧洲设计联盟名誉理事、中国及亚太地区创意产业顾问、亚太空间设计师联盟理事等职。

很多年轻人无法理解，只在一个行业里，如何不被固定思维，如何保持持续的工作激情，如何扩大影响力，如何"出圈"？

"出圈"，意指突破现有圈子，被更多人知道。

或许，张旭和樊淑玲作出了一个"出圈"的最佳表率。

如何发现并突破自己的思维边界？很多时候，是我们自己被一些无形的圈子圈住了。

坚守本心，不断向上，一个不被圈住的人，才能越走越远。

《21世纪商业评论》的执行主编吴伯凡说，出圈的

出圈：成为一个有趣的人

本质，不是你出去了，而是因为你有吸引力，别人来了。

那别人为什么会来呢？是因为你的吸引力、你的影响力，甚至是你的魅力。出圈就是打造你独特的核心的竞争力，从而创造新的价值。

你若盛开，何惧清风不来？

樊淑玲英文特别棒，词汇很丰富，表达力也非常到位。她本科就读于黑龙江大学外语系英美文学专业，研究生在中国人民大学就读风险投资专业，后在北京大学社会组织治理能力高级研修班进修。

我特别佩服她，她在国外待过不少时间，1984—2002年任职于中国建筑工程总公司期间，历任中建伊拉克四大坝项目外事联络协调员、英语翻译、办公室主管，中建海外部外事主管、国际工程合作部项目经理、中建国际对外经济援助部（援外部）商务经理等职，曾在20余个中建海外经理部、分支机构长期或短期工作。跑工地、做翻译、采购、协调、项目管理、商务谈判，还有文书之类的工作，需要做什么她都能来。

她还跟曼德拉对话过。

第三章　世界越玩越大

1998年，她代表中建援外部出席南非"世界经济论坛"，论坛结束以后，有个交流酒会，酒会是冷餐的形式，以交流为主。

就在酒会上，樊淑玲遇见了曼德拉。

曼德拉看到一个亚洲女孩走过来，便和她打招呼，问她，你是哪儿的人？淑玲没有直接回答他，而是说guess，please guess。然后他就一个一个开始猜。

他问，你是日本人吗？她说不是。你是韩国的吗？她说不是。反正他就是猜，一直在猜，猜了好多，甚至猜到了菲律宾。淑玲说："都不是，我是从中国来的。"曼德拉感叹："你的英文太好了，中国来的怎么会英语讲得比我都好。"

除了曼德拉，当时很多国外领导人，对中国都不太了解，1998年的中国正处于改革开放初期，经济体量也不大，但是已经进入快速发展的轨道。淑玲说，你猜了那么多都没有猜对，是对中国大陆有什么不好的印象吗？他说不是，他认为她的谈吐仪表，甚至是自信，不太像从一个相对封闭的国度过来的。淑玲告诉他中国正在改革开放。那时候，曼德拉从监狱里出来没多久，又刚刚被推选为总统，不可能对世界各个国家都了解，而且那时还没有互联网，信息交互没那么发达，他很希望从淑玲这里获得一些新鲜的信息。

出圈：成为一个有趣的人

曼德拉问，你能多讲一些中国的情况吗？从他的眼里，能看到一种光芒，不管谈什么，即使在他不赞同对方观点的情况下，依然保持亲和力。这就是魅力，领袖的魅力，人格的魅力。

他们一直在聊，甚至有一种相见恨晚的感觉。

淑玲身上自带吸引力，她在中国建筑装饰协会工作期间，出访30余个国家与地区40余次，策划并组织实施了多个在行业内深具影响力的国际交流合作活动，如行业内首次举办的"2010亚太空间设计师高峰论坛"，邀请到保罗·安德鲁和安藤忠雄等国际建筑大师到场讲演交流，吸引了2000余人参加，至今仍保持着行业内国际会议的各项最高纪录；在协会会员队伍组织建设与管理方面，她采用创新服务模式，建立起会员大数据库，并与各专业分会、各省市地方协会通力合作、整合资源，策划服务于行业上下游产业链的交流合作项目，带动了服务品质不断提升，会员数量和会费收入也随之大幅提升。

淑玲见多识广，我和她合作多次，策划了很多行业活动。2017年，我们共同组织了行业首届羽毛球大赛，已连续举办三年，规模越来越大，规格越来越高，影响力也越来越火爆，"快乐工作，健康生活"，是我们一直沿用的活动主题。

我们致力于打造传播正能量的行业文化，对企业有帮助，对行业有赋能,具有大局观,守正创新,做行业文化发展的先驱者、推动者、成就者。

先行的、创新的,就是出圈。

我们时时刻刻要往前看、往高看、往远看。

同樊淑玲女士一起与英国皇家特许设计师协会交流国际合作

正原法师：只有丰富多彩，才是森林的味道

宁波象山等慈禅寺俗称西寺，坐落于象山南麓，已有一千五百多年历史。象山又名象鼻山，等慈禅寺在象鼻山以西，象鼻山以东还有一座东寺，一东一西，似大象两只眼睛。

等慈禅寺三山环抱，从风水上说，东有青龙，西有白虎，前有来陇，后有靠山，乃一风水宝地。

张旭与等慈禅寺的正原法师是多年挚友，可以

出圈：成为一个有趣的人

说，正原法师在哪儿，他就跟去哪儿。

我有幸采访到正原法师。

正原法师是"80后"，他一直在做一些创新的事情：等慈禅寺将来要建禅修中心；要将法务流通处改为文创中心；寺院门口东面的闻思图书馆已经开建……

这也是跨界嘛。

张旭创建旭东书院，推进产教融合；正原法师推广禅修，建立图书馆。其实他们做的是同一件事——推广文化交流与学习。

张旭和正原法师站在"源头"，借用各种"管道"，将人性之善、心灵之净、学习之乐、生活之美的活水，汩汩地传递给更多有缘人。

这或许就是他们的同频共振之点，用人文的方式，力所能及地影响一些人。

被象鼻山怀抱的等慈禅寺，有着远离尘嚣的静谧，正原法师说，你来这里，要么喜欢上它的庄严佛像，要么喜欢上它的斋饭，要么喜欢上它的插花，要么喜欢上师父的博学，要么喜欢上它的茶香……

第三章 世界越玩越大

总有一样，会让你喜欢上。

是的，总有一样，会让你喜欢上。

正原法师到等慈禅寺任住持后，我也跟着往等慈禅寺跑。

每次来等慈禅寺，都能发现不一样的美。等慈禅寺变得越来越好了、越来越有自己的文化标签了，在龙华寺的时候，我觉得龙华寺的美是高大上、壮丽的美，到了等慈禅寺，会发现等慈禅寺的美是精致的美、优雅的美。这里的素斋，这里的厢房，这里的书舍，真是别具一格。

2017年11月4日，我组织旭东学堂的学员一同参加了等慈禅寺开放三十周年庆典及千佛殿佛像的开光法会。后来旭东书院举办文化论坛，我特意把正原法师邀请过来讲"生活禅"，同时还请了音乐家、油画家、美食家。

有企业家无法理解，问：张旭，你做什么呢？听这些，浪费时间吗？

没有破圈思维，没有跨界逻辑的人，确实无法理解，一个做门窗幕墙的企业家，为什么要花时间坐在这里听"生活禅"、听生活美学。

出圈：成为一个有趣的人

碰撞才会有新东西产生啊。

从事房地产和门窗幕墙行业的人，本身就在为人民创造美好的生活环境，不应该更多地去体会生活之美吗？

我还和等慈禅寺合作禅修。我们提倡在快乐中禅修，在禅修中修得欢喜之心，让心灵沉静，去探寻更多人生与思想层面的东西。

我和正原法师都在想，何不将禅修打造成旭东书院和等慈禅寺的一张名片？

正原法师说，现在是信息时代、网络时代，不能做"三孤和尚"，不能孤芳自赏、故步自封、顾影自怜，不能躲在深山里，什么都不过问，和尚也要多学习，比别人更多地思考人性相关的东西，更多地关注内心、关注智慧、关注升华、关注利他之事。

佛学里有八万四千法门之说，只有丰富多彩，才是森林的味道。

你看，之所以能与正原法师如此交心，因为他务实、落地，让人没有距离感；因为他博学创新，他对佛学的解读，更让人理解，更让人感悟；因为他有包容之心，愿意将古老的传统与现代人的喜好相结合。

第三章　世界越玩越大

最近寺院在建图书馆，正原法师花了很多心思。图书馆是文化的聚集地，是智慧的聚集地，他希望更多人来寺院亲近文化、亲近智慧，体验它们带给我们的力量，从而用利他之心，更多地为社会大众服务。

一改印象中古板的楼阁建筑风格，这座书舍以清雅幽美的新中式设计明亮呈现。藏书将覆盖文学、历史、哲学、宗教、艺术、经济、医学、佛教经典、传统文化、生活美学、儿童读物、名家名著、图册图片等各品类图书。

正原法师将其命名为"闻思书舍"，意为闻思修习、明智通慧之所在。耳闻暮鼓晨钟，佛唱悠邈……大家可以在书舍中畅游想象、儒雅熏陶、修身养性，心并非远离尘嚣，然而身在其中，自得一方净土。

正原法师还想作一些新的尝试，"闻思书舍"图书馆不是传统意义的图书馆，图书馆楼下有小花园，楼上有素斋，还配备糕点坊、咖啡吧，让大家在寺院也能享受生活美好。

正原法师说寺院既要秉承传统，又要契合当代，他希望等慈禅寺做一个先行者，带动不同寺院，通过大家喜闻乐见的形式，让更多人通过另一个维度、另一种视野，去了解寺院，感受佛学文化的魅力。

出圈：成为一个有趣的人

如果没有新冠肺炎疫情的话，我和正原法师计划组织一次去日本寺院的走访游学。眼界很重要，行走很重要，我们将学到的东西反馈回来，才能更好地探索创新。

最近我在看美国作家比尔·波特写的《禅的行囊》，我有个想法，到时候带队沿着书中的路线去走一走，真是蛮有意思的事。

等慈禅寺主持正原法师新年赠"福"

Chapter 04

出圈
成为一个有趣的人

第四章
人生就要好玩

> 人生的乐趣在于品位。
>
> ——郑　强

听音：喜欢音乐的人往往更纯粹

当张旭提到他小时候是越剧特招生时，我还是被惊讶到了。

在一次次深入沟通中，我发现他的身份、他的喜好愈发多元，同时离最初那个副总经理、秘书长、学院院长等一系列社会身份也愈来愈远，我们开始谈论一些生活和人生的话题，比如音乐、旅行、读书、禅修，比如独处、自省、亲情、成长……

这些，才是直抵人心的东西，能让一个人成为

第四章 人生就要好玩

更丰富的人。

我手中拿着他2013年的一张专辑，收录单曲《回到家里真好》。CD封套上的他侧过45度脸，身穿棉质白衬衫，外套一件湖水蓝V领羊毛衫，脸廓棱角分明，长相阳刚，眼神里却蕴着一丝安定。

我问他，那个时候没有想过走歌手路线？

他说没有。

一直没有？

一直没有。

他始终清楚自己想要什么、不要什么。

入圈不入行，入了那个行，是另外一个版本，那个版本有更专业的要求。他对音乐的态度很纯粹，用玩的心态面对，想唱就唱。

是的，纯粹一点，只是去唱，只是去听，只是去喜欢。

结束一个上午的交谈，他为我们清唱了一段《芳华》片尾曲——韩红的《绒花》：

"世上有朵美丽的花，
　　那是青春吐芳华。

出圈：成为一个有趣的人

> 铮铮硬骨绽花开,
> 漓漓鲜血染红它。
> 啊……啊……
> 绒花,绒花。"

那悠扬又有些苍凉的调子,滑落在院中石子路上,晴天中的柚子树叶在风中轻轻摇曳,书房里的檀香袅袅升腾青烟,在这低回而又青春的旋律中,我仿佛看到他在音乐的世界里,虔诚地站在空无一人的舞台上,四处一片肃静。

他独自享受着这美妙时刻。刹那芳华,云烟流转,音乐里有感动、有青春、有自由,还有很多东西。

歌手不是他的目标,但歌唱这个兴趣,却在漫长人生中,一直相伴着他,甚至成了他人生前进的助推器。

音乐是骨子里的东西。我从小就喜欢唱歌。

我妈妈是绍兴人,爸爸是杭州人,我出生在萧山,外婆

第四章　人生就要好玩

家里是做生意的,家境富裕,我从小被保姆带大,没吃过什么苦。

小时候,社区会放露天电影,一到晚上,大人小孩都跑去看。我提了张板凳,老早就出发,去抢个好位置坐下。那时候,没有电视,也没有其他娱乐活动,露天电影是我们晚上唯一的期盼。

人越来越多,不一会儿到处都是人。

每次露天电影的放映,都像一场盛世,特别是小孩子,简直开心死了。放映的是越剧《红楼梦》《碧玉簪》。

越剧又称绍兴戏,发源于浙江绍兴嵊州市,萧山与绍兴是近邻,越剧也是萧山的传统戏曲。我从小耳濡目染,对越剧也是情有独钟,《碧玉簪》里有一段老旦唱腔版的《手心手背都是肉》:

"媳妇大娘,我格心肝宝贝啊,
叫声媳妇我格肉,
心肝肉啊呀宝贝肉。
阿林是我格手心肉,

出圈：成为一个有趣的人

> 媳妇大娘侬是我格手背肉。
> 手心手背都是肉，
> 老太婆舍勿得那两块肉。"

大人看小孩学唱戏，觉得好玩有趣。但当我说想要去上戏曲学校时，外婆第一个站出来反对：男的做什么戏子？

不行的！哪能行？绝对不行！

不过，这不影响我继续喜欢音乐。

1979年，我十岁，参加"萧山县五四音乐会"，拿回了一等奖。

唱歌，我还是很自信的，因为我觉得，只要是你用情在唱歌，那歌声一定是动听的，也一定是动人的。

当年五四音乐会一等奖的奖品我还留着。

是一本笔记本。这个本子42岁了。打开第一页，"向雷锋同志学习"——很有时代感的几个大字。再翻一页，"奖给五四音乐会一等奖得者：张旭同学。萧山县文教局。七九年五月"。

还奖了一支笔，一头是钢笔，一头是圆珠笔，一转，笔头就出来了,在当时还是蛮稀奇的。县级的歌唱比赛,在那么大的场合下,老师给我颁发了这个奖品,那一刻,我特别骄傲、特别自豪。

这种鼓励和认可,为我的自信打下良好基础。

四十岁的时候,我出了第一张专辑。

第一首单曲《章续》,和我的名字是谐音,歌中唱道:

"旭日东升,普照巍巍昆仑,

一路跋涉又到这一程。

峰回路转,

一步一个足痕,

书到此回欲罢不能。"

这首歌调子有点1983年版《射雕英雄传》插曲的味道,特别是古筝伴奏,有行走江湖的意境。小蒋喜欢这首歌,他是"90后",他说这首歌"有侠气"。

第二首单曲是《感谢生命》。

出圈:成为一个有趣的人

《感谢生命》这首曲子充满朝气、充满豪迈,有催人奋进的力量。

之江公司十五周年庆典,在萧山体育馆,我和许戈辉一起主持,活动现场我唱了这首《感谢生命》。"无论成功与失败,感谢生命"!唱到最后,当我把鲜花撒出去的一刹那,全场激情澎湃。

第三首单曲是《回到家里真好》。

这是最近的一首单曲。

三首单曲的作词作曲人都是花道。我和他是20多年的老朋友,知根知底。在歌词方面,我的要求比较高。我们会共同探讨。花道他懂我,会根据我人生的不同阶段、不同心境来填词作曲。我出过三首单曲,每首单曲代表了每个阶段的不同心情,以及在每个阶段的不同感悟。

我们做市场、做销售的人,每天都为工作奔波,很多人长期驻守外地,几个月才回趟家。在外的日子诸多艰辛,会特别想家,我很能体会这种感受,我们需要一个安放"心"的地方。

《回到家里真好》这首歌诉说了市场、销售人的心声,"心"安在哪里,"心"安在家里:

第四章 人生就要好玩

"我最爱的家,这美丽的家,
　给予我无尽包容与安稳。
回到家里真好,放下一切烦扰。
小小一片天空,有你相伴到老。
回到家里真好,投入梦的怀抱。
万家灯火深处,安静的一角。"

这首歌曲调舒缓,把心带回家,然后放松,然后放下。

万家灯火,家就是黑夜里的光明。

我的下一首单曲已经完成得差不多了,取名为《我的歌我来唱》,是想唱出自己的身心自在,歌词还在改。

音乐带给我们不同的力量,有舒心的力量,有柔软的力量,有情感的力量,有振奋人心的力量。

唱歌给我带来快乐,也给我带来力量。

我喜欢唱歌,想唱就唱,随时随地都会唱,工作休息时唱,有饭局时也会唱,洗澡时唱,夜半三更时唱,有时甚至会把自己唱哭,静静享受音乐的感动。

尤其那些经典老歌,如《掌声响起来》《花儿为什么这样

出圈：成为一个有趣的人

红》《青春圆舞曲》等，百听不厌，百唱不厌。

有次唱《烛光里的妈妈》，不仅把自己感动哭了，也感动了他人，把在场的人都唱哭了。

音乐带给我的"力量"，是其他东西给不了的。

我总策划的行业转型发展高峰论坛，2021年已是第九届了，由于论坛都会安排在9月底国庆节前夕举办，所以论坛的最后压轴是，全体起立，一起高唱《我和我的祖国》。

所有人挥动国旗，放声高歌，激情昂扬，群情奋激。

这正是音乐的力量。

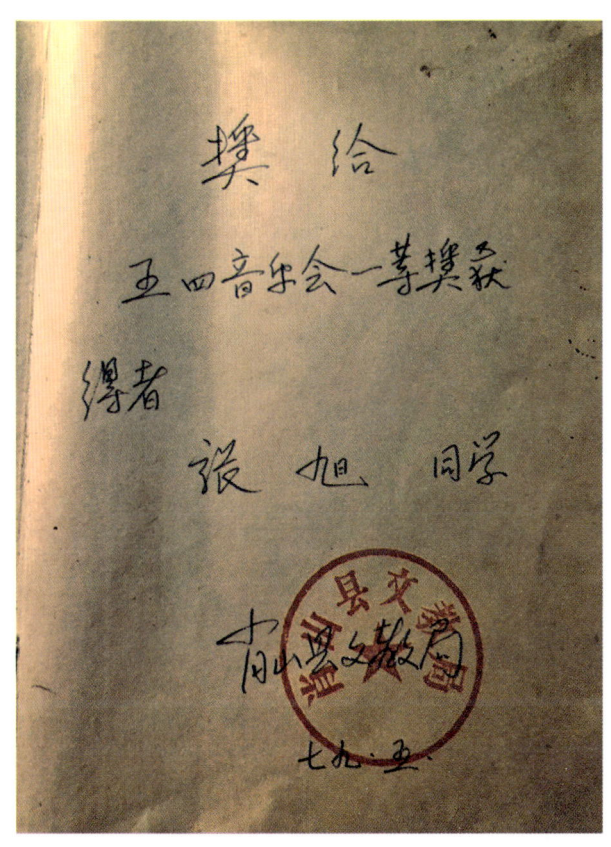

十岁时荣获萧山五四音乐会一等奖

和许戈辉同台主持杭州之江十五周年庆典

录制单曲《章续》

旅行:人生最有价值的投资

张旭去过40多个国家,途中所见所闻、风土人情,够写一本书。那些见过的风景、走过的路、经历的故事,都是人生中的无价财富。

旅行,他不喜欢走马观花,他说:"你在旅行中看到的、听到的,其实都是在培养你的独立思考能力。"

无独有偶,投资大师吉姆·罗杰斯也阐述过类似观点。1990年,吉姆·罗杰斯和他的女朋友一起,

出圈:成为一个有趣的人

> 骑着摩托车,历时22个月,横跨6大洲52个国家,做了一次环游世界之旅,写下了《旅行,人生最有价值的投资》一书。他一路旅行,一路用投资者的眼光,思考所见之事、所见之物可能引发的改变和影响。他说:"我不仅把这次环球旅行当作一次冒险,也把它当作一种接受继续教育的方式。真正理解这个世界,不断认清它的本质。"
>
> 读万卷书,行万里路,好的旅行,值得投资。

我喜欢旅行、喜欢拍照,到目前为止,去过40多个国家,如美国、德国、法国、英国、荷兰、比利时、意大利、俄罗斯、土耳其、埃及、希腊、澳大利亚,南非、巴西、阿根廷、冰岛等。

为什么喜欢旅行?不同的世界,不同的精彩,让我内心充实。

旅行,让我们见多识广。

"见多识广"这个词很有道理:见得多,见识才能广。这个词对于我,是一个鞭策,它鼓舞我多走出去,一定要多走、

第四章 人生就要好玩

多看、多想,才能获取更多新的东西,不断刷新自己的观念,从而活得有意义、有价值。

旅行,让我们更具鉴赏力。

我每到一个地方,会更多关注当地的建筑设计、人文情怀,这与我的职业有关。不同国家有不同历史、不同文化、不同价值理念、不同习惯,正是这些不同,提升了我们的思考能力、思辨能力。

旅行,让我们的生命充实。

每次旅行,其实都在吸收新的东西,所以你会觉得每天都很充实,充实了,人就不空虚,不空虚,生活就有趣味,那些美好的事物、正向的能量,不知不觉,都会主动向你靠近。

旅行,让我们更包容、更开放。

走得越多,你的思想越开放,你对自由的追求越有信心。当你去过很多国家,你会发现,对于同一件事情、同一个现象,人们的看法是不一样的。我们长期生活在一个地方,容易困在固有的条条框框里,很多东西束缚了我们的思考。旅行,可以让我们从另外的角度,去理解,去接纳,从而拥有更加包容和开放的心态。

我特别喜欢去我没有去过的地方,感受它的不同。有一

出圈:成为一个有趣的人

次,在德国柏林,遇到一场同性恋的盛大游行,非常隆重,有成千上万人参加,道路两边还有警察维护秩序。

一年一度的同性恋游行是柏林当地最重要的活动之一,他们很早就开始准备,街上有花车游行,同性恋者们有的穿着休闲,有的打扮妖艳,或高举彩虹旗,或相互拥抱,他们举止自然,态度温和,也有非同性恋者参与支持。这是呼吁宽容和互相尊重的游行,人人皆不同,人人皆平等,他们为自己的性取向能在社会上获得公正待遇而发声。

这在我们的生活里是不可思议的,但他们觉得世界是多元的,要学会包容,包容不同人群、不同习俗、不同性取向的存在。

还有一次,在巴西,我们在海滩边玩,海滩上的美女帅哥非常多,我们站在海滩边与当地的美女拍照合影,那些美女很大方,大家玩得非常开心。我们同行的女士也想找海滩上高大帅气的帅哥合影,她们邀请了一位帅哥,但那帅哥拒绝了,他笑着指指一旁的另一位帅哥,示意道,如果要合影,需要经过那位帅哥的同意。那位帅哥是他的男朋友,遗憾的是,他的男朋友微笑着拒绝了。

同行的几个女士站在那儿,怔怔地,看傻了。这是她们

第四章 人生就要好玩

第一次见到同性恋。同性恋也是正常人。在我们生活中,一定也会遇到,只是在国内的文化背景下,即便有,也不会公开。

无论是德国,还是巴西,你所遇到的同性恋者,他们的眼神、他们的笑容,都是自然的、很真实、没有尴尬。这是一种非常开放的文明。这些在国内看不到场景、听不到的文化,更能触发你的独立思考。

我最喜欢的国家仍是日本,日本有很多非常有味道的城市,居住的话,我偏爱福冈,文化的话,我喜欢京都。

在京都,我喜欢住在小弄堂的民宿里,民宿出来不远,有一家出售京扇子的百年老店。有一天傍晚,天暗了,我跟我的日本朋友一起边走边聊,慢慢踱进这家京扇子店,店铺很小,但很精致。京扇子在日本有着非常悠久的历史,在过去,日本女子手中的京扇子是优雅和礼仪的象征。

朋友给我演示京扇子的用法,一把小小扇子,能看到日本的匠心文化,先不说图案的细腻精美,就是扇子的制作过程,从切竹到穿面纸,每一步都有讲究。

我对朋友说,下次我要组队来京都,策划一场京都古风物的百年老店之旅。在旅途中,可学的东西太多了,看过以后才发现,不走出去不知道,走出去真会吓一跳。

出圈：成为一个有趣的人

旅行，没有起点，也没有终点；没有开始，也没有结束。时间和空间只是一个概念，一切都没有边界，可以停止，也可以流淌。每次旅行，我总会怀着可遇不可求的心境，带着内心向往的力量，在自由与放逐之间游荡。

旅行不能走马观灯，要深度游，用心体验，不管是好的还是坏的体验，皆可尝试。

不负青春，不负年华，现在就出发，世界充满了一切可能性，你在旅途中一定会有意想不到的收获。

摄影：热爱摄影的人，一定是热爱生活的人

摄影让我们发现更多生活的美，摄影是记录生活的方式，也是见证成长的方式。每个人都可以成为摄影师。

张旭的"旭东弄影堂"组织过好几届"墅标杯"门窗幕墙行业摄影大赛。每次比赛，都能收到3000幅左右摄影作品，这些作品均来自行业的业内人士。当你欣赏这些摄影作品时，你会感叹，这些摄影大

出圈：成为一个有趣的人

片真的出自非专业摄影师吗？你会发现，那些司空见惯的建筑、门窗、幕墙，竟如此美丽，让我们眼前一亮，定格的一瞬间竟如此动人。

有一张获奖作品名叫《水立方美容师》，"水立方"是2008年奥运会标志性建筑物，这张作品记录了"蜘蛛侠"——城市建筑外立面清洗工人，不惧辛苦与危险，奋力清洗蓝色水立方外墙的情景。还有一张《蓝天中的美丽》异曲同工，一面映着蓝天白云的玻璃幕墙上，几个"蜘蛛侠"垂挂下来，正在洗刷玻璃幕墙。蓝天白云倒映在玻璃上，充满现代美感。高空劳作的"蜘蛛侠"与巨大幕墙相映，虽渺小，却令人肃然起敬。

这样的画面不仅美，更直抵人心。

还有一张一等奖作品《梦想在成长》，照片中一名小童站在高大的幕墙窗户前，远望着窗外的城市高楼。这张作品画面简单，视角平平，却激发出大家内心最平凡的感动和最朴实的希望：一个孩子隔着大玻璃幕墙望向远方，望见的是希望。

好的摄影作品，打动人心，引人思考。

第四章　人生就要好玩

热爱摄影的人，一定是热爱生活的人。

摄影，是发现美、记录美、传递美最便捷的方式之一。摄影，你需要的是一双发现美的眼睛。透过镜头，找到那些平凡生活场景中美好的一刻，那些令人难忘并且深刻的画面，能打动你的心、延续你的想象力。

我喜欢拍照，我经常把身边喜欢拍照的人召集起来，组成一个摄影团，出门去旅行。我们跑到广东拍，跑去江西拍，也会在家门口拍。我们早起去拍日出，也会等待日落拍夕阳。

我只是喜欢拍照，但是技术不专业，不过我带的设备挺专业，一起摄影的朋友对我讲了很多专业的东西，我也听不懂，听不懂我就偷偷跑开了。我并不在意拍出来的效果怎么样，我更享受拍照的过程，一大清早一群人静静守候在山顶，看着日出之时，太阳跳跃出地平线，天际突然闪现出橙红光芒的那一幕，充满能量，又充满希望。如果不拍日出，我可能没这么强的早起动力，当我看到朝阳喷薄而出的那一幕，感受大自然无穷无尽的力量时，我会觉得无比享受。

慢慢地我们成立了一个摄影组织——旭东弄影堂，不定

出圈：成为一个有趣的人

时不定期组织一些活动，我们还做了"旭东弄影堂"专属摄影背心，更具仪式感。

曹景行老师跟"旭东弄影堂"的摄友们一起拍过西湖，那天我们穿上专属背心，骑着自行车沿西湖，整整绕湖一圈，大家觉得哪边美，就停下车来拍。骑着自行车，既锻炼身体，又欣赏了西湖的美。那天，"旭东弄影堂"的摄友们也成了西湖边一道亮丽的风景线。

"旭东弄影堂"从最初拍风景，慢慢延伸到拍建筑，建筑也是美学的一种表现形式，建筑业是我们在从事的行业。于是我们开始拍幕墙、拍门窗、拍高层建筑，由此"旭东弄影堂""弄"出了"墅标杯"门窗幕墙行业摄影大赛。

你看"弄影堂"这三个字很有意思的，"弄"含有主动去发现的意思。

发现美、传递美、享受美，这是我们创办摄影大赛的主旋律。在摄影过程中我们去发现美，办影展是传递美，影展作品让我们每个人都享受美。

门窗幕墙也属于建筑行业，每当谈及建筑，人们总是把它和冰冷的钢筋水泥联系在一起，但透过摄影师的镜头，你会同时看到建筑的厚重和灵动。通过摄影作品，你可以读到

第四章 人生就要好玩

设计师对于人文情怀的注解,也可以感受到建设者对一砖一瓦的敬意,光影之间,记录下这个行业的温情和温度,书写下凝固的历史和音符。

眼睛是心灵的窗户,幕墙是城市的眼睛。摄影是一个发现美的过程,却不是摄影师的专利,摄影展就是要鼓励每一个人去按动快门,捕捉人文、风光和建筑之美,让建筑在生活中蕴藏持久的生命活力。

背起相机,四处行走,用心体验,用情感受,用悠闲自在的心境,留下属于自己心中的风景。

旭东弄影堂伙伴和曹景行老师环西湖摄影

喝茶：若无闲事挂心头，便是人间好时节

  张旭说话有个习惯，一直充满激情，就像小蒋说的，他一直在用力说话。即便是我们日常的交流和访谈，他也始终保持声音响亮，始终保持精神饱满。

  有时候做活动，一天的工作连轴转，见完这个谈那个，到了晚上，张旭仍兴奋得睡不着觉，脑中不停思考东西，且乐在其中。

  我不知道是什么造就他的精力充沛，但我知道，

他特别喜欢喝茶,已到了无茶不欢的程度。茶叶中含有咖啡碱,咖啡碱是一种中枢神经的兴奋剂,具有提神功效。

同时茶叶中含有茶氨酸,茶氨酸有安神作用,因此茶又能让人安静、让人平和、让人心情和畅。

张旭在书院里,经常先点上一支香,再泡上一杯热茶,然后安静地坐下来看书。包括出差在外,他也会自带茶叶,甚至是茶具,继续保持着在书院里的读书习惯,先是点上一支香,再泡上一杯热茶,然后安静地坐下。差旅的舟车劳顿,在茶香和檀香中,瞬间减轻许多,身体和情绪也舒缓下来。

茶,真是个好东西。

最近一次采访,我们在灵隐寺附近的一间茶室里进行,张旭送给我们每人一份小礼物,是旭东书院出品的文创产品,一盒线香和一个木制香插,外包装纸盒的腰条上,写了宋朝禅师的禅诗:"春有百花秋有月,夏有凉风冬有雪。若无闲事挂心头,便是人间好时节。"

喝茶,闻香,心静,禅定。

出圈:成为一个有趣的人

琴棋书画诗酒茶,我觉得茶是摆在第一位的。中国传统文化中,棋琴书画需要一定的专业技能,但是茶,作为传统文化的一种缩影,已经是日常生活中不可缺少的媒介。

喝茶是我的爱好。

喝茶不仅是我的一种生活习惯,喝茶还能给我带来灵感。

至于喝什么茶,我是不限的,平时喝安吉白茶多一些,安吉白茶的氨基酸含量很高,高出一般茶的一倍。其他茶,像正山小种、金骏眉、杭州的九曲红梅,我都喜欢喝,还有桂花龙井我也喜欢,龙井是我们杭州本地茶的象征,桂花又是我们杭州的市花,两者结合,茶香淡雅,意犹未尽。

喝茶让心有一种满足感、幸福感。

到了我这个年龄段,吃得越简单越健康,我不吃辣的,火锅不吃,烧烤也不吃,奶茶、咖啡、酒也不喝,现在,我就独爱喝茶。

除了茶叶的品种和品质,我也注重喝茶的仪式感,特别是泡茶的水和茶具。有空时我会去山里面取泉水来泡。好水泡好茶,这是对茶的尊敬。我去外地出差时,有两样东西每日必备,一是水果,二是矿泉水。矿泉水,我是用来泡茶的。

一杯好的茶,是由茶和水共同来完成的。

现在出差,除了茶叶,我还带着香,到房间先点上香。我对香也特别喜欢,香给人灵感,点上一支香,房间内整个空气都不一样了,氛围也不一样了。闻着慢慢弥漫的香味,定心了,安神了,空气变洁净了,这也是为什么我们旭东文创的第一款产品就是香,做得很精美,我特别喜欢。

再说回茶道,我觉得茶道和香道一样,是自己对生活的一种态度、一种追求,甚至是一种念想。真正的茶道,是要用自己的方式去感受喝茶的过程。不同的季节,不同的天气,不同的时光,不同的心情,不同的茶具,泡出来的茶,都会有不同味道。

喝茶,也传递着人与人之间的情感。茶,是一种媒介,是一种联络,是一种牵挂。喝茶,给予我们更多的是一种情感交流,就像旭东书院请大家来喝茶,在喝茶的过程中,家事、国事、天下事,人文情怀、文化艺术,边喝边聊,慢悠悠地享受着茶和温情。

茶让人静心、让人专心、让人清醒。

很多不开心,很多矛盾,都是因为我们在焦虑、紧张、

出圈：成为一个有趣的人

急躁、相互不理解的状态下产生的,喝茶能让人慢慢地心静,心静是解决任何问题的前提。

茶能带给我们很多,是其他东西给不了的。

灯影下,泡一壶清茗,点一炉熏香,在茶桌旁静坐。品茶,就是为了品一盏纯粹、一盏美好、一盏慈悲,我们在茶的安静、茶的湿润里,从容不惊地老去。这个过程没有纷扰。不思尘念,就是一种禅定。

禅修：放空自己，让心回归于心

跟着旭东书院参加等慈禅寺的禅修。

茶道、花艺、古琴、香道、抄经、径行……内容丰富，行程紧凑。

天空微蓝着，寺庙外的山顶浮着薄雾。早上六点开始早课，僧人们开始诵经。木鱼声声，风在摇着铜铃，师父们的诵经声，好似山寺歌声，歌声遍遍，高低起伏，余音绕梁。

大家身穿禅服，双手虔诚合十，安静聆听。暮

出圈：成为一个有趣的人

鼓晨钟、经诵梵呗，都在引导大家回归平静。在这安宁的诵经声中，我们内心充满宁静。

上过早课，用完早餐，开始打扫庭院。

扫地，也是修行。佛家有"时时勤拂拭，勿使惹尘埃"一说，扫走落叶和尘埃，也要扫走内心的愚痴、苦闷、贪欲。

大家分组包区块打扫。随着岗位分工完，沙沙的扫地声开始响起来。这种劳作的感觉可能已经许久没有体验过了。每个人专心扫着地，你只需要全神贯注地关注扫帚和落叶，心一聚，禅意就来了。

寺院里的作息时间与我们日常的也不一样。早上七点用早餐，中午十一点午饭，下午四点就开始晚餐。

上斋堂用斋又名过堂。过堂，止语，是不允许说话的。每个人自己安静地打饭、安静地用餐、安静地洗碗、安静地离开。寺庙中吃饭本身就是重要功课，用斋前后合掌持念诵《供养偈》和《结斋偈》，在一饮一啄间不贪不嗔，不急不躁，平心静气地吃饭，就是对生命的享受。

第四章 人生就要好玩

夜晚，还有雅集。在圆通宝殿的空地前。

寺院本就是很有古意的场所。你想想看，在一座一千五百多年的古刹里，天上星星满满，四周空山寂寂，屋檐下的灯笼红光暖暖，天、地、人达到一个融合状态。大家围坐一起，人在这种氛围内，更容易敞开心扉。

《兰亭集序》里，古人有曲水流觞，大家坐在河渠两旁，酒杯顺着溪水弯弯曲曲而下，停留在谁的身边，谁就得赋诗饮酒一杯。

正如曲水流觞，每个学员轮次讲述自己的故事和心得。席间，没有高低贵贱，每个人都是平等的人，每个人身上都有一份精贵的真我，这是一个洗心的道场，将世俗间忙碌之人与古寺安静达成一种完美联结。

分享期间，还有焚香艺术、古琴弹奏和箫曲表演。

月在中天，古琴铮铮，如一股清泉，静静流入心中，然后静静沉淀，与内心相融。奇楠的香，随风缓缓递送。最后一曲《寒山僧踪》，箫声伴着钟声，穿越寂静，直抵人心。

出圈：成为一个有趣的人

> "夜客访禅登峦峰，
> 山间只一片雾朦胧。
> 水月镜花，心念浮动；
> 空不异色，色不异空。
> 回眸处灵犀不过一点通，
> 天地有醍醐在其中。
> 寒山鸣钟声声苦乐皆随风，
> 君莫要逐云追梦。
> 拾得落红叶叶来去皆从容，
> 君何须寻觅僧踪。"

正原法师在月下朗诵了这首长箫独奏的歌词。此情此景此声，好似走入诗中。

"很雅"，大家对此一致评价。

"水月镜花，心念浮动；空不异色，色不异空""拾得落红叶叶来去都从容，君何须寻觅僧踪"。只要拥有一颗禅心，何处不能安然自在，何处不是水月洞天，何须再去觅觅寻寻？

此次禅修，我跟着张旭体验了全程。

此前在与张旭的接触中，我一直疑惑，为何他

第四章　人生就要好玩

总能保持一种积极且正向的心态，为何他总在充满张力且不知疲倦地张罗、带动他人，在这些"外向"的行为中，为何又有一种很稳的力量、一种不求回报的静气蕴含其中？

现在我知道秘密所在了，就在他的"禅心"中。

小时候，我跟着外公外婆到庙里烧香。寺庙建在山上，我紧紧跟在外婆身后，一路还帮外婆提着香烛。两老一小，走在山中小路上，一直走到寺庙门口。

为什么要到寺庙里烧香？

那时还太小，我也不晓得，只是一踏进佛堂，望着菩萨雕像庄严，那么高大，心生敬畏。

佛堂里念经的都是老人，就我是个小孩，我不懂念的是什么，纯粹跟着念，一念就是小半天。有个老太太笑我："你念的真是《童子经》。"

我最早对佛教的认知，来源于外婆，是非善恶，什么能做，什么不能做，都是有界限的。

直到结缘正原法师，我对佛教的认识，有了更深层次的

出圈：成为一个有趣的人

理解。

正原法师原先在绍兴龙华寺，现在是宁波象山等慈禅寺的住持。在与法师交流中，我接触到了"生活禅"。

我在《拉开旭幕》中做过一期与正原法师的访谈，访谈中聊到人们对"生活禅"的认识。

正原法师认为，走路是禅，打坐是禅，弹琴是禅，品香是禅，插花是禅，很多禅意蕴含在生活的点点滴滴中。我们在生活中，每时每刻都在体验着禅。

禅和生活是一体的，禅让人安心、让人自在、让人自得其乐。

此前，我和正原法师在绍兴龙华寺组织过一次禅修。

禅修，追求的是精神上的禅定；禅修的过程，也是全面关注自我、剖析自我的过程，能够把人的注意力转移到人生和生命的话题上来。在现实生活中，我们没有时间，没有机会，也没有场合，能够静下来好好思考一下。

在等慈禅寺，我和正原法师多次讨论，觉得有必要组织一场禅修，让大家雅聚一起。修身养性，思考人生，在千年古寺，在庄严神像前，用我们最赤诚的心，谈生命，谈舍得，谈智慧，谈追求。

第四章　人生就要好玩

人生本是一场修行，如何把优秀的禅文化传承下来，如何回归自己最纯真的本心，如何让更多的年轻人也感兴趣，禅修，是很好的一种研学和体验方式。

既然要做，就要做有意思、有意义又好玩的禅修，不好玩，大家就没有兴趣了。

我和正原法师设计了许多项目和环节，希望每个人都能带着玩的心态来体验，喜欢了，感兴趣了，融入了，就会爱上它。

旭东书院的禅修帖一发，朋友们纷纷报名，北京的、深圳的、杭州的，足有二十余人，有的是第一次参加，有的是第二次参加。

演员张嘉佑从北京特地赶来，他刚刚拍完《长安诺》。张嘉佑参加过旭东书院第一期在龙华寺的禅修，他一听正原法师到了象山，旭东书院又在组织禅修了，便早早预约。

禅修有很多体验环节。

文澈法师带我们坐禅。文澈法师是正原法师在中国佛学院的同学，是绍兴上虞永元寺的住持。坐禅的第一步是先走路。走路重在让血液循环、让身体放松，身体柔软了，坐禅才舒服。

出圈：成为一个有趣的人

行走的步调先慢，渐而大步，最后速度加快，身体在一圈圈行走中慢慢开始发热，甚而沁出微微细汗。

坐禅，是一种"静"的行为，是为了让一切回归简单，让心回归于心，暂时抛开生活、工作和烦恼。落下窗帘，关上灯，室内昏暗的光线，让时间仿佛处于一种停滞状态。

坐禅，要学会放空自己。很多人一坐下，可能会有很多想法，思想一下子集中不起来，这也很正常。这时候可以用呼吸法，数自己的呼吸，从一数到十，再反复，其实这也是一个训练打坐的过程。

有趣的是，初次坐禅的学员，很多都在坐禅中瞌睡了。文澈法师说，发困说明你身体当下第一需求就是睡眠，身体会自然作出选择。当你睡眠充足了，会发现身体、思想更加有力量，也更能集中思想。坐禅是静心的一种修行方式，功夫都在个人内心。

禅修打坐，就是让气息融会贯通，感受到天性自由。

夜晚的雅集，是此次禅修的一项重要内容。圆通宝殿前的空地上，每人一茶桌、一蒲垫，大家盘腿而坐，围成一圈。桌上点上蜡烛，燃上香，摆上插花作品，还备上了水果点心。

我和正原法师事先已准备了一些主题，供参加禅修的学员选择：成人之美；压力和释放；严格与宽容。每个人都要分享。

分享具有很大意义。正原法师说，在千手观音面前，每个人都是渺小的，虽然渺小，如蜡烛的火焰，也可以闪烁出自己的光芒。每个人都如千手观音手中的一只眼睛，可以明亮他人，可以互相给予温暖、帮助。各抒己见，也是共同成就。

每个学员分享了自己对主题的理解和感悟。

将心得进行分享，这种分享，本身就是快乐和愉悦的，也是对自己的放下和身心的放松。

禅修最后一天的最后一个环节为颁发证书。

两个学员进行了总结发言。

总结就是"悟"，不断渐悟促发顿悟。

有了顿悟，你会发现，你的心境变了、认知变了，禅修不仅能得到传统文化的熏陶，还能体会内心宁静之美、欢喜之心。

传播很重要，好的、善的、美的东西就要传播出去，传播出去，去影响更多人，就是成人之美。

等慈禅寺禅修活动"雅集"

走路:别人在小区里遛狗,而我喜欢快走

《道德经》中有"千里之行,始于跬步"一句,人生就是行走,不停地往前走。

佛门里有早晚课、敲法器、告别式、走路式。走路也是修行。

张旭把行走当作锻炼,也当作一种修行。

现代生活,忙是一种常态,尤其在城市生活中,我们不会花时间去看春天的新叶发芽,去静看一朵花开,去观察一片秋叶飘落的样子,我们不仅没有

出圈：成为一个有趣的人

时间，也没有心思。

加上便捷的交通工具取代了步行，城市一族习惯低头刷手机，缺乏专门运动，身体将长期处于亚健康状态。

但仍有很多人喜欢将"懒得动"或"不运动"的理由推给没有时间、没有场地、没有器械。

其实，走路就是最好的运动。保持一定速度的快走，同样可以达到身体出汗、心率加快、身体舒畅的效果；快走途中，你的眼睛终于从手机屏幕前解脱出来，你有了充分且自由的时间观看四周景物，感受四季变化。

走路，好处多多，何时何地都能开展。

善待自己的身体，从迈开你的双脚开始。

行走是很好的运动方式，既简单又方便，不仅有利于身体健康，还有利于心灵健康。

晚饭后我也不走远，会沿着我们小区路径快走12圈，4公里左右。快走的速度要快，保持类似竞走的速度，身体很快就热了,心率达到130次/分以上,身体微微出汗,走完后会感觉轻松舒畅。

有时我也打打羽毛球,但我现在这个年龄段,打羽毛球总会感到体力不支,所以快走是最合适我也是最舒服的运动。

晚上小区很安静,快步50分钟,也是一段独处的时间,左脚右脚轮流迈步,比日常行走更有力地甩开臂膀,快走的同时,看似机械,其实你在放空自己,你的大脑不被其他杂事牵绊,这是一段完全属于自己的时间。

其实,走路时也会思考一些工作,但更多时候,天马行空胡思乱想也是有的,当然也会干脆什么也不想,就是看看周边的自然景色,比如说,香樟树落叶了,柚子树结果了,桂花开了,看看花草,闻闻夜晚的味道,享受小区里的安静。只要迈开脚步,你就会发现即便住在城市,也可以与大自然很近。

也是在快走过程中,我发现我所住的小区绿化非常好,树干粗壮,树荫浓密,果树连排,硕果累累。特别到了秋天,桂花盛开,桂香绵绵。快走结束后可以在院子里坐一坐,夜晚天气爽朗,闻着桂香,抬头一轮明月,是何等享受啊。

当你什么也不想,光顾着行走的时候,无论大脑还是身

出圈：成为一个有趣的人

体都会处于一种放松状态，当你只感受到自己身体的时候，其实就达到了一种修行的状态，周边的一切都会变得美好起来。

其实我每天花费在快走上的时间并不是很多，但快走带给我的时间感却很强，适当的运动可以刺激分泌多巴胺，让人心情舒畅愉快，因此每次快走完，我不但不觉得疲劳，反而更加精神焕发，甚而有种豁然开朗的感觉。

快走是最简单、任何人随时随地都能开展的运动，快走过程中你不仅锻炼了身体，也关注到自然的变化，从从容容，身体舒展，感受自己的脚步与大地亲密接触。

运动在于适中，在于适合自己，也在于坚持，坚持运动才能拥有健康的身体，有了健康的身体，才有奋斗的本钱，才能拥有美好的世界。

身心健康，热爱生活，永远涌动一颗年轻的心，这是保持年轻的秘诀。我从没感觉自己老，心态年轻，身体、容貌自然也会跟着年轻。

健康是种朝气，每时每刻我们都要热爱生活、拥抱健康。

收藏:留下人生最珍贵的记忆

"我给你们看样东西。"说着,张旭突然起身,小步、兴奋地跑向书房,拿出一堆"古董宝贝":学生证、成绩报告单,还有一本全新的绿封皮本子,套在一个透明塑料封套里……

张旭收藏的"古董宝贝"不是什么会升值或者能在市面上估价的东西,而是一些记录着日常生活、见证了自己成长的杂物,这些东西太平凡不过,人人都可以有,但绝大多数人拥有过就再也找不到了,

出圈：成为一个有趣的人

> 这些在绝大多数人眼里"没什么价值"或者"不再有存在意义"的东西，在张旭眼里，却是最无价、最值得珍惜的"宝贝"。
>
> 相对于追求具体存在的"物"，张旭更看重生活的经历和美好的记忆。或者说，相对于物质需求，他更专注于精神生活。
>
> 每当他看着过去的老照片，沉醉在自己的精神世界中，就会觉得无比享受和美好。

从小学一年级开始，每个学期的成绩报告单我都保存着，一存就是几十年。

我喜欢将那些记录着人生成长经历的东西保留下来，人生每个阶段都会有不同的东西，那些自己认为有价值的、特别喜欢的东西不仅是生活的记录者，还是成长的见证者。就像那张被父亲撕破了的成绩单，即使到现在，只要我一看见它，就能清晰地回想起那天的情景。

我不是恋旧的人，也没什么收藏癖好，我认为人生是一场经历，有很多值得体验、值得记忆的事，过去的这些"老物件"帮我们记录着这些事。

我认为有必要留存或者是值得收藏的物件,我就会一直留着它。比如旭东书院客厅的一把椅子,是我的设计师黄吉从泰国带回北京的,当时我在他工作室一眼就看中了这把椅子,我问他:"你这个椅子能不能给我?"他有些舍不得,开玩笑说:"旭哥,你这是强人所难啊。"我说:"我没别的意思,我非常喜欢,我觉得这把椅子放在书院里会更有价值。"旭东书院就是他负责设计的,他知道我对自己喜欢的东西会非常珍惜,也觉得能为椅子找到一个懂得爱惜它的主人实属不易,况且这把椅子放在书院确实更能体现它的价值,于是就把椅子从北京给我寄了过来。

去国外旅行的时候,我会买一些有纪念意义的东西回来,只要是我买回来的东西,我就不扔。有些人可能会喜新厌旧,但我认为历久弥新才更好,我会一直保留我的东西,因为它是一种记忆,也是当时的一种心情。

除了"老物件",我还留了很多老照片。我三楼的书房,有一堵照片墙,墙上挂了做活动时我和一些文化名人的合影,有鲁豫、曹景行、董文华、许戈辉、费翔、朱丹、降央卓玛、柳岩、黄晓明、毛宁、吕薇、王晰、余少群、巫启贤、李艾、

出圈：成为一个有趣的人

谢东娜、付笛声、任静等。

朋友问："你怎么在家里搞一堵明星照片墙？"

我认为，照片是拍给未来的。现在觉得无所谓，只是还没到珍惜的年龄。

即便在家，也需要仪式感，每一张照片都是一个故事，每一张照片都是一段回忆，每一张照片都是一段成长。看到任何一张照片，我都能回忆起当时的情景。

我还留了很多家庭生活照，很有时代感的照片，那个年代的老冰箱，那个年代腰上挂着的BB机，和父母的照片，和朋友的照片，还有我年轻时候的兄妹合影，那时候大家都说我妹妹长得像林青霞。

书柜上的好几本相册都承载着满满的回忆、满满的爱、满满的温暖、满满的美好。由于现在都是手机拍照，因此这些照片尤显珍贵。

人的记忆有限，照片替我们承载，岁月不饶人，我们也从"小鲜肉"变成了"大叔"。

现在回头看每一张照片都是享受，每一张照片都是一个个美好回忆，每看到一张照片就能讲一讲照片背后的故事。喜欢回忆，这可能也是慢慢变老的一种标志吧。

第四章　人生就要好玩

随着物质丰富度的提高,物品更新换代速度加快,时光也越来越快,时间越来越短,珍惜的东西越来越少,其实一个人的成长,有经历才会有阅历,有阅历才会有魅力。一个有魅力的人,他的内心世界一定是丰富多彩的。生活中的点点滴滴、平凡小事,就是丰富多彩。这些才是我们应该懂得去珍惜的,才是珍贵的。

留白：人生最好的境界是丰富的安静

生活需要留白，留白是一种放空，空出你的时间，空出你的大脑，只有空了，新的东西才能进去，才能不停地流动、不断地充实，去做自己喜欢做的事情，从而不虚度光阴。

我们需要给自己留出空白，就像禅修时感受自己的身体和灵魂，读书时与作者作一些跨时空的交流，在步行中感受季节的细微变化，在旅行中发现世界不一样的精彩，或者在夜晚的院子中，抬头看

第四章 人生就要好玩

一看满天繁星……
　　好的留白是为了我们更有效地投入下一段人生中。
　　留白，是工作学习之外的诗意生活。

　　每个人都需要一个属于自己反省、读书、沉思、安静下来的留白空间。
　　如何做到人生的留白？
　　第一是享受孤独。
　　学会和孤独为伴，人才会不断反省自己、发现自己。我很喜欢程璧写的一首歌《我的心里是满的》：

　　　　　　　清晨，
　　　　　　我一个人醒来，
　　　　　一个人整理头发，
　　　　　　一个人买早餐，
　　　　　　一个人赶路，
　　　　　我一点也不孤单，
　　　　　我的心里是满的。

出圈：成为一个有趣的人

午后，
我一个人散步，
一个人和小鸟说话，
一个人看一棵植物，
一个人回家，
我一点也不孤单，
我的心里是满的。

夜里，
我一个人读书，
一个人泡茶，
一个人听雨声，
一个人闭上眼睛，
我一点也不孤单，
我的心里是满的。

孤独，不是空虚。享受孤独，也就是享受安静。为什么说一个人的时候，心可以是满的？因为一个丰富的人，当他离开了热闹嘈杂的外部世界，换来的是更宽广的精神世界。

第二是反省自己。

第四章　人生就要好玩

吾日三省吾身，意思是我每天多次反省自己。我们讲修行，很重要的一个部分是，我们在修行的过程中，不管是通过哲学的修行，还是宗教的修行，或者是冥想的修行，都是在作自我检讨、自我忏悔及反省。

不要问：我修行的结果是什么？我因修行看到什么、听到什么、得到什么？

因为有这样的想法，这种修行是不完整的。这样的想法会带有功利性、有目的性，从而会有执念。

反省就是思考，安静地跟自己待在一起，不喧哗，保持清醒。

只有不断反省自己，才能发现自己，从而活出自己。

第三是多读书。

我经常一个人，一本书，一杯茶，从屋里到室外，待上一整天。

如此甚好。

读书是令人愉悦的事情。尤其是下雨的午后，坐在院子里，听着雨声，闻着草香，独处着、宁静着、孤寂着，是禅非禅，是孤非单，随心随性，心安皆安。

我家中有几千册藏书，阅读是每日必修的功课，阅读可

出圈：成为一个有趣的人

以让人静心，阅读可以开阔视野，阅读可以使内心充实，阅读可以让自己成为有趣之人。

我喜欢边读书边做笔记。读书时，我手边会放一本记事本，有些好的句子、好的故事，我都会记下来，引发我灵感的时候，我也会记下来。有时候，灵感是一瞬间的事，不写下来，过段时间就会忘记。

第四是在旅行中享受安静。

我特别喜欢独自一人穿巷走弄，随性、随意、随思，享受这种游离，曲径通幽，灯影迷离，无需言语，一切皆有情。

只要心中有风景，任何的旅途都会变得不可思议。

当我漫步在水乡古镇，低头深嗅石板间散发的隐隐气息，闭眼呼吸夜晚空气中弥漫的树叶味道，耳听着城河里划船的荡漾水声，人就安静下来了。

当我踏入日本的热田神宫，听着脚踩沙石的沙沙声和小鸟委婉的叫声，以及远远传来的一两声大公鸡洪亮的鸣声，城市的喧闹声早已远离，人就安静下来了。

当我去西班牙中世纪时的首都托雷多，在街道边的咖啡吧慢慢品味加了白兰地的咖啡，安静悠闲，心醉人不醉，人就安静下来了。

第四章　人生就要好玩

当我清晨漫步在法兰克福的大街小巷,星期天商店关门,行人很少,空气清新,一切都是轻轻的、静静的、悠悠的,人就安静下来了。

在旅行中你会发现,人生最好的境界是丰富的安静,世界愈喧哗,内心愈安静。

只有渐渐年长,才会越懂得节制、自省,也越懂得留白之美。

因为留白,生命更加丰富。